Première de couverture (hors vignettes) :
Bijou créé par Véronique Caillol pour Tosca (voir Adresses utiles)
Photographie de Cornelis van Voorthuizen

Remerciements :
Gandini Store House (décor des photographies)
Filofollia (perles et apprêts pour bijouterie)
Studio Carta (papier mâché)
La Fata Verde (articles en cuivre)
La Linea dell'Arte (feutre)
ainsi que Mariagrazia Buffoni pour sa collaboration au chapitre sur les perles.

Pour toute information concernant les travaux de Marisa Lupato :
www.unideaepoi.com ; E-mail : marisa.lupato@libero.it

Conception graphique : Adriano Nardi
Photographies : Arc-en-ciel
Réalisation : Studio 3, Milan

Titre original : *Fare Gioielli*
Adaptation française : Hélène Tordo
P.A.O. : Nord Compo, Villeneuve d'Ascq

ISBN : 2-84459-111-6
Dépôt légal : avril 2006

Imprimé en France par CLERC S.A. - 18200 Saint-Amand-Montrond

Marisa Lupato

Et si j'apprenais

les Bijoux

Éditions
Place des Victoires

Sommaire

INTRODUCTION

La création de bijoux et d'ornements est un art que l'être humain cultive depuis l'aube de la civilisation. Certes, cet art a évolué au fil des siècles, mais il est toujours d'actualité en des temps comme les nôtres où chacun aspire à retrouver le plaisir de créer de ses propres mains.

L'Histoire regorge d'exemples de l'importance extraordinaire accordée aux bijoux. Découverts dans les pyramides égyptiennes ou dans les nécropoles étrusques, présents sur les tableaux des maîtres anciens ou sur les photographies du nouveau millénaire, les bijoux dressent le portrait d'une personne ; ils nous renseignent sur sa position sociale, sa culture, mais également sur la dextérité des artisans de l'époque ou encore sur le prix attribué à certains matériaux par rapport à d'autres.

Autrefois, les orfèvres puisaient leur inspiration dans la religion ou dans la nature. Pensez, par exemple, aux riches parures incas de turquoise et d'argent qui glorifiaient les divinités ou encore aux motifs stylisés des bois africains ouvragés qui rendent hommage aux plantes et aux animaux de ce gigantesque continent. De nos jours, nous pouvons les imiter, mais aussi créer des parures en exploitant les nouveaux matériaux disponibles.

D'ailleurs, il nous est sans doute plus facile de fabriquer des bijoux que jadis. En effet, on trouve aujourd'hui dans le commerce un nombre considérable d'accessoires, sans parler des innombrables modèles de perles – un choix qui répond à la demande sans cesse croissante des amateurs. Cet ouvrage leur réserve d'ailleurs une place privilégiée, avec une série de projets faciles à confectionner une fois que vous maîtriserez les techniques de base présentées dans la première partie.

Les passionnés ne s'arrêteront cependant pas aux accessoires classiques car il est également possible de créer soi-même en détournant notamment certains matériaux. Cet ouvrage vous propose des idées de modèles originaux que vous confectionnerez entièrement à partir de matériaux divers : précieux, comme l'argent, modestes, tel le papier mâché, traditionnels, comme le cuivre et le cuir, ou plus novateurs, tels que le plastique fou, la résine ou la laine feutrée.

Que vous aimiez le style moderne ou le style classique, les parures minimalistes ou ethniques, le romantisme ou le naturel, vous trouverez certainement dans ce livre un modèle qui vous conviendra. Et il vous suffira de suivre pas à pas les instructions illustrées par des photographies en couleurs pour réussir tous ceux qui vous tentent.

LE MATÉRIEL ET LES FOURNITURES DE BASE

Les outils du bijoutier

La panoplie de base du bijoutier amateur comporte des articles et des matériaux courants – aiguilles, fils, ciseaux et colle –, mais aussi du matériel plus spécifique, que vous vous procurerez sans peine dans les boutiques de loisirs créatifs ou dans les magasins de bricolage, voire dans certains hypermarchés.

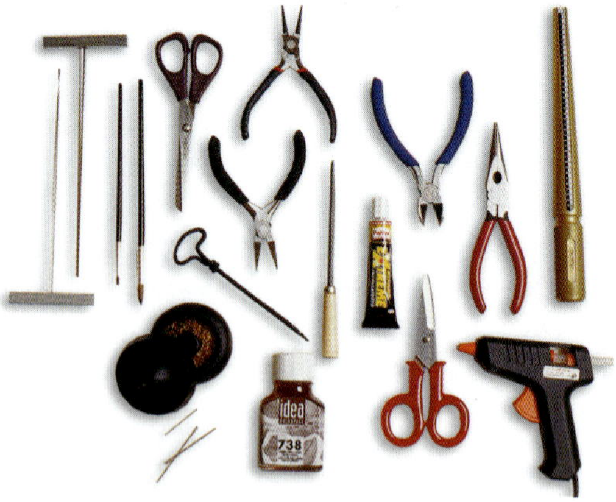

Les pinces

Il existe des pinces à mâchoires rondes, semi-rondes ou plates. La pince ronde sert à façonner le fil métallique, par exemple pour former des anneaux, des boucles ou des œillets. La pince demi-ronde est utile pour serrer les fermoirs ou ouvrir les mailles de ces derniers. Enfin, la pince plate facilite la prise des fils métalliques, notamment pour la mise en forme, mais elle est également utile pour écraser les perles de serrage. Pour couper le fil métallique avec netteté et précision, utilisez plutôt une pince coupante.

Ciseaux, cisailles, limes et vrilles

Il vous faudra des ciseaux pour couper les fils et les rubans de mercerie, et des cisailles pour le fil et le ruban de cuivre. Pour arrondir l'extrémité des coupes métalliques, utilisez une lime à grain fin. Pour percer les trous dans les bijoux sans les abîmer, procurez-vous une petite vrille à main ou une perceuse dotée d'une mèche ultrafine.

Les adhésifs

On assemble généralement les fils de Nylon avec de la colle, tandis qu'une goutte de vernis transparent suffit pour les fils de soie. Si vous devez assembler des matériaux différents, l'idéal est de travailler avec un pistolet à colle thermofusible, bien qu'il ne procure pas des finitions très précises. Il existe également des colles spéciales pour chaque matériau (colle à bois, colle à métaux), ainsi que des colles très résistantes, à deux composants (colles époxy, silicone).

Les vernis

Transparents, brillants ou satinés, les vernis protègent les surfaces tout en mettant la finition en valeur. En raison des petites dimensions des articles de bijouterie, il vaut mieux appliquer le vernis avec un pinceau très fin.

Le bobineur Wire-Wire

Cet outil permet de réaliser des formes en spirale avec des fils métalliques. On l'utilise de préférence avec des fils métalliques laqués, dits « Wire-Wire », qui sont disponibles en de nombreux coloris et pour lesquels l'appareil est conçu.

Le triboulet

Les orfèvres utilisent ce cône allongé pour arrondir les métaux et pour mesurer les anneaux. Il suffit, en effet, de glisser une bague servant de modèle sur cet outil pour déterminer le diamètre de la bague à réaliser. Le triboulet constitue en outre un support commode pour façonner et décorer les bagues.

Le moulin à perles

Très commode pour enfiler les perles de petite taille, cet outil astucieux permet de garnir rapidement de grandes longueurs de fil. Il se compose d'un récipient dans lequel on verse les perles et d'une aiguille recourbée qui se place dans la partie supérieure du moulin. Il suffit de faire tourner la manivelle centrale pour que les perles glissent sur l'aiguille dans laquelle on a passé le fil.

Les aiguilles

Vous aurez souvent besoin d'aiguilles. Procurez-vous-en un assortiment de calibre et longueur différents, afin d'en disposer pour chaque type de fil ou d'opération : longues ou courtes, pointues ou arrondies, à chas conçu pour le fil élastique ou le fil de Nylon, etc. On trouve également dans le commerce du fil de soie monté sur aiguille pour enfiler les perles plus facilement.

Les fils

Le traditionnel fil de Nylon, disponible en différents modèles, est le fil le plus polyvalent. Il est souvent associé à des matériaux qui se prêtent à des compositions originales ou, dans certains cas, facilitent la tâche des débutants.

Fil de soie, cordonnet de coton et ruban
On enfile généralement les perles sur du fil de soie – que l'on trouve dans le commerce en plusieurs coloris et calibres. Pour les perles de grosse taille, en revanche, il vaut mieux utiliser du cordonnet de coton. Enfin, on peut employer pour les bijoux toutes sortes de rubans et d'articles de passementerie, depuis les fils à broder aux rubans larges en soie ou en velours, en passant par le cordonnet fin et soyeux dit « queue de rat ». Par ailleurs, la dernière mode est le ruban tubulaire en résille à mailles serrées, que l'on peut, par exemple, remplir de perles de rocaille pour confectionner des colliers (voir page 48) ou utiliser tel quel.

Le fil élastique
Il remplace utilement le fil de coton ou de cuivre dans la réalisation de bracelets et de colliers sans fermoir.

Le fil de Nylon
Il est indiqué pour toutes les perles, y compris les perles de rocaille, avec ou sans aiguille. Le modèle le plus courant est transparent, avec un diamètre de 0,25 mm. On peut aussi utiliser le fil que l'on appelle « fil à pêche ». Le fil de Nylon à âme d'acier, ou Nylon câblé, est apprécié pour sa résistance et pour son côté pratique, car il permet de se passer d'aiguille.

Cordelette et ficelle
Brute ou cirée, en plusieurs coloris et calibres, la cordelette et la ficelle (chanvre, jute, etc.) conviennent aux parures décontractées ou naturelles. La ficelle en latex, dont l'aspect imite la ficelle ordinaire, glisse mieux que cette dernière.

Lacets et lanières de cuir
De section ronde ou carrée, bruts ou cirés, les lacets et lanières de cuir sont disponibles dans un large éventail de diamètres et de couleurs et se prêtent à de nombreux styles de bijoux.

Le fil de caoutchouc
Il est intéressant pour les parures d'inspiration ethnique, pour les modèles en cuivre, en plastique fou (voir page 66), mais aussi pour réaliser n'importe quel bijou en perles de verre.

Fils métalliques et chaînes
De couleur argentée ou dorée, les fils métalliques sont parfaits pour réaliser des pendentifs, des breloques, des tours de cou ou des colliers rigides. Vous choisirez le calibre en fonction de la taille des perles et de l'effet souhaité. Par exemple, pour emprisonner les perles (voir page 22) ou pour façonner un tour de cou, vous utiliserez plutôt du fil argenté de 1 à 2 mm de diamètre. Les chaînes existent en mailles de diverses dimensions et formes, dans les coloris argent, or ou bronze.

LES APPRÊTS

Vous trouverez dans le commerce la monture ou le fermoir qui convient le mieux au type de bijou choisi. La plupart sont généralement disponibles au moins dans l'un des trois coloris suivants : or, argent et bronze. Et si vous n'êtes pas satisfait, vous pourrez les fabriquer vous-même.

Les fermoirs
Leur forme et leurs dimensions sont très variables. Parmi les plus courants, signalons les fermoirs à mousqueton (ou carabinier), à vis, à clapet, à anneau, à ressort et à aimant.

Capuchons, cache-nœuds et embouts
Tous ces articles sont destinés à recouvrir l'extrémité des faisceaux de fil ou à maintenir les lacets et les ficelles. Ils sont dotés d'un anneau qui permet de relier le collier ou le bracelet à la maille du fermoir. Il en existe de toutes les formes (cloche, tulipe, etc.) et dans des tailles différentes.

Barrettes à trous multiples et calottes
Les barrettes ou plaques à trous multiples se composent d'une succession d'anneaux soudés ou d'une plaque percée de deux trous et plus qui servent à séparer les différents fils d'un collier. Les calottes, généralement en forme de fleur ou autre motif décoratif, servent à séparer les perles les unes des autres sur le fil.

Les perles de serrage
Ces petites perles métalliques, également appelées « perles à écraser » ou « perles à pincer », servent à bloquer les autres perles sur le fil. Il suffit de les écraser avec une pince plate pour qu'elles serrent le fil et maintiennent les autres perles en place. Certains modèles sont dotés d'un anneau de raccord.

Les montures pour boucles d'oreilles
Pour oreilles percées ou non, boucles dormeuses, perceuses, à crochet, créoles, etc., vous n'aurez que l'embarras du choix.

Les anneaux
De tailles et de formes diverses (ovales et rondes), les anneaux ou mailles sont indispensables pour relier l'extrémité des fils aux fermoirs ou accrocher un pendentif à une chaînette. On peut les fabriquer soi-même en courbant simplement du fil métallique avec une pince ronde.

Les supports

Selon les bijoux que vous avez l'intention de créer, vous pouvez utiliser des supports spécifiques comme les filigranes, les platines, les cabochons ou, plus simplement, les aiguilles à perles.

Les filigranes
Ils se composent de fils métalliques soudés et façonnés ou tressés pour former un motif décoratif. Vous utiliserez le filigrane tel quel, comme ornement à part entière, ou le garnirez d'une composition en perles et en rocailles que vous entrelacerez entre les mailles.

Les platines
Telles quelles ou montées sur un support (bague, broche, boucles d'oreilles), elles offrent une base piquetée de trous généralement réguliers dans lesquels vous passerez les fils pour maintenir les perles en place.

Les cabochons
Il s'agit de pierres taillées de manière à former un dôme sur une base plane. En bijouterie fantaisie, on utilise un cristal de verre avec ou sans facettes, à base rectangulaire, carrée, ovale ou ronde. Il se loge dans une monture de bague ou permet de donner du relief aux compositions en perles tissées.

Les tiges ou clous de jonction
À tête plate (dits aussi « en T ») ou à anneau, ils servent à relier les pièces d'une parure. Lorsqu'ils sont assez longs, on peut les garnir de perles afin de fabriquer des pendentifs pour orner un collier ou des boucles d'oreilles, ou pour agrémenter un bracelet de breloques..

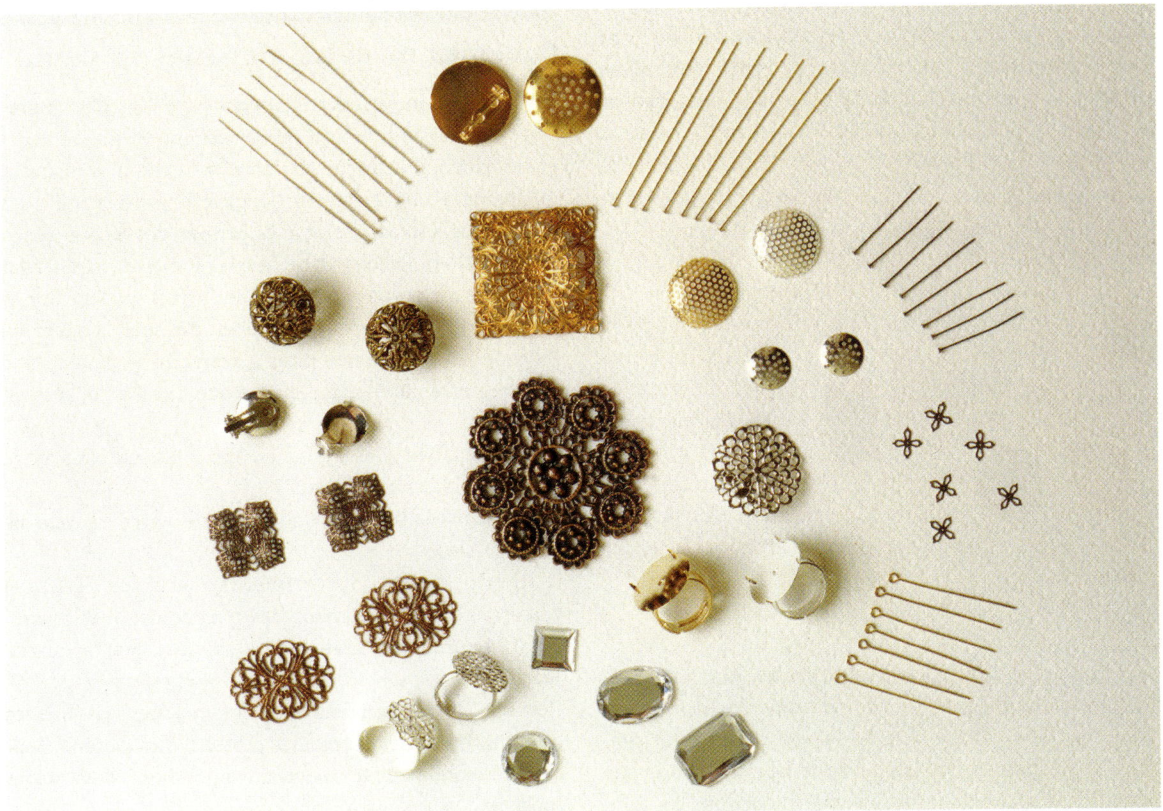

Les perles décoratives

Il existe dans le commerce un large éventail de perles de toutes sortes : en verre, en cristal, en plastique, en bois, en argile, en corne et en os. Elles sont lisses, à facettes, opaques ou transparentes, rondes, ovales, tubulaires ou en goutte d'eau, grain de riz ou toupie... Le choix est pratiquement infini, d'autant qu'il est également possible de les fabriquer soi-même avec de la terre, de la pâte à modeler à chaud ou à froid, de la résine ou encore du papier ou de la laine.

La rocaille

Le terme « rocaille » désigne généralement toutes les perles en verre de petite taille. La tradition renvoie cependant aux perles en verre de Murano qui entraient à l'origine dans les compositions de perles brodées par les artisans de Venise. Elles peuvent être opaques, transparentes, nacrées ou irisées, rondes, en olive, en tube, en baguette, lisses ou à facettes, etc.

Le bois

On façonne des perles avec du bois tendre comme le pin ou le palmier, du bois d'if, de noyer, de chêne, de chêne-liège ou du bambou. Et chaque pays semble avoir sa spécialité : aux Philippines, les artisans collent des feuilles de bananier sur une base en bois avant de les vernir ; en Chine et au Japon, on sculpte dans le bois de magnifiques modèles de perles.

Le métal

En cuivre, en argent, en étain, en aluminium ou en acier, les perles métalliques offrent toutes sortes d'aspects. Il existe aussi des perles à filigrane, en métal martelé, creuses ou pleines, sculptées, polies, ouvragées, etc.

La céramique

À base d'argile séchée à l'air ou cuite au four, les perles en céramique diffèrent selon les pays. En Afrique, on grave l'argile avec la pointe de l'ongle ou un outil spécial ; en Angleterre, les perles sont fabriquées avec de l'argile de qualité supérieure avant cuisson au four. Mais les plus fines sont sans doute les perles en porcelaine de Chine.

La pierre

La pierre dure, lisse, gravée ou sculptée en forme d'animal ou de fleur donne des perles originales. La pierre plus tendre, comme la pierre de lave naturelle ou reconstituée, peut être façonnée en sphère ou en cylindre et ornée de motifs finement gravés. Enfin, la nacre naturelle donne des modèles extrêmement raffinés.

Quelques modèles de perles en verre

Cristal Les perles en cristal sont parmi les plus appréciées : cristal de Bohême, de Bavière (en forme de fleurs et de fruits), d'Autriche, ou encore le cristal Swarovski, qui, grâce à une méthode de taille précise, donne des perles très lumineuses et très prisées des amateurs.

À facettes Taillées dans le verre ou pressées, elles subissent parfois un traitement de surface qui leur donne un autre aspect, par exemple pour évoquer la nacre ou l'argent. Ainsi, les perles dites « scarabée » affichent une finition irisée qui évoque la carapace lustrée de l'insecte éponyme.

Yeux de chat Ces perles en verre ont un effet nacré qui les rend semi-opaques.

Égyptiennes Il s'agit de perles de verre recyclé de couleur bleue.

Imitations semi-précieuses Certaines perles en verre imitent parfaitement des pierres comme le lapis-lazuli, la turquoise, la malachite, la cornaline, le quartz, etc.

Perles Picasso Ces perles moulées et irisées existent dans des couleurs pastel. Pour obtenir leur caractéristique effet marbré, on utilise des acides spéciaux.

Les matériaux décoratifs

Outre les perles, il est possible de réaliser des bijoux avec de nombreux autres articles et matériaux qui offrent d'innombrables possibilités, depuis les pâtes à modeler et le papier mâché jusqu'aux découvertes plus récentes comme la résine et le plastique fou, en passant par la feutrine traditionnelle.

Le plastique fou
Le plastique fou est vendu en feuilles blanches, noires, translucides ou transparentes. Vous l'utiliserez avec de la poudre à embosser (poudre à relief thermogonflable), à fixer à chaud avec un embosseur électrique ou un séchoir thermique, et des tapis encreurs de couleurs assorties.

La pâte d'argent
La pâte d'argent se présente, entre autres, sous forme de crème, de pain ou, plus fluide, de liquide épais à travailler à l'aide d'une seringue.

La résine
En bijouterie, on utilise de la résine à deux composants (résine et durcisseur) et de la silicone pour fabriquer les moules (pâte et catalyseur), mais il est recommandé de respecter scrupuleusement les instructions du fabricant, car il s'agit de produits dangereux.

Les pâtes durcissantes
Il existe des pâtes qui durcissent à l'air et d'autres qu'il faut faire cuire au four, dans un assortiment de coloris variés. Pensez aussi à utiliser de la pâte à sel, des pâtes plastiques, des gels et de la peinture repositionnable pour verre.

Le papier mâché
Pour obtenir une pâte facile à manipuler, faites longuement tremper des petits morceaux de papier journal dans de l'eau et ajoutez ensuite de la colle blanche.

Le cuir
En lanières, en perles, en chutes découpées et gravées, le cuir offre d'innombrables possibilités. Pensez aussi aux matières plastiques qui imitent l'effet du cuir naturel.

La feutrine
La feutrine est vendue en toutes sortes de coloris plus ou moins vifs. Vous pouvez aussi feutrer la laine vous-même en utilisant de l'eau chaude et du savon liquide à l'huile de pin (voir pages 136 et suivantes).

Les métaux
Sous forme de feuilles ou de fil, d'épaisseur et de calibre divers, les métaux tels que le cuivre, l'argent ou le laiton interviennent dans la réalisation de nombreux bijoux.

L'OUTILLAGE SPÉCIFIQUE

Dans certains cas, il faudra vous procurer des outils plus adaptés au matériau choisi. Pour chacun des modèles expliqués dans cet ouvrage, les instruments nécessaires pour leur réalisation sont indiqués dans la liste des fournitures.

Pour les bijoux en argent

A Scalpel ou cutter, brosses en fer souple, languettes de papier détachables (Post-it®), triboulet gradué et triboulet en bois (ou un seul triboulet gradué en plastique), rouleaux (petit et grand), perceuse à main à mèche fine, pince à broches fines (pince pour pierres taillées).

B Cale abrasive, pinces de bijoutier, sommier en caoutchouc (plaque sur laquelle on cale les bijoux pendant la réalisation), grille en acier inoxydable (support pour le séchage des bijoux), séchoir thermique, chiffon doux (pour nettoyer l'argent), coupelle ou récipient en plastique (pour la pâte d'argent en crème).

C Silicone à deux composants à polymérisation rapide, baguier (anneaux de mesure), pâte d'argent en crème et en pain, seringue à pâte d'argent.

D Four pour la cuisson des bijoux en argent : il s'agit d'un four de potier ordinaire qui doit atteindre une température de 800 °C au moins. On place le bijou sur le support en fibres de céramique avant de l'enfourner. Pour un bijou de dimensions ordinaires, comptez 30 minutes de cuisson.

D

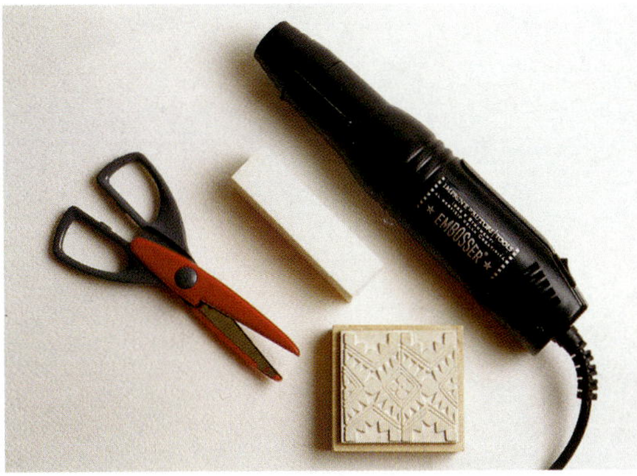

Pour les bijoux en plastique fou

Séchoir thermique ou embosseur électrique (il doit atteindre la température de 170 °C) ; tampons en caoutchouc à support en bois ; cale de papier abrasif fin pour dépolir les feuilles de plastique avant de procéder à l'impression ; ciseaux à lames fines pour les contours fins.

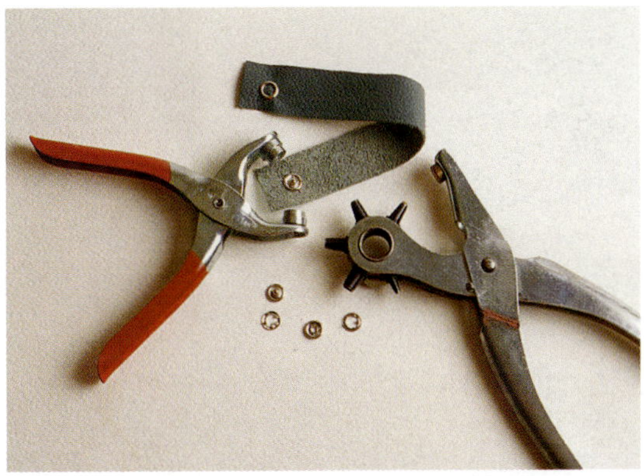

Pour les bijoux en cuir

Pince emporte-pièce de type revolver : cet outil, couramment employé pour pratiquer des trous dans les ceintures, est très utile pour les bijoux en cuir. Il suffit de choisir le calibre du trou et de serrer les poignées pour percer le cuir.

Pince à poser les œillets : comme son nom l'indique, elle permet de poser les œillets dans le cuir en serrant simplement les poignées. Ses mâchoires sont pleines, mais il existe des modèles à mâchoires creuses (voir photo) pour la pose des boutons-pressions, par exemple pour fermer les colliers et les bracelets en lanières de cuir larges.

Pour les bijoux en cuivre

Enclume et masse : pour la bijouterie, ces outils relativement courants doivent être assez petits, ce qui les rend en outre plus faciles à utiliser et à déplacer.

Pointes et sommier : pour le métal repoussé, posez la feuille sur une plaque de caoutchouc (sommier), et incisez délicatement le métal avec une pointe à tracer en suivant les contours du dessin préalable. Donnez du relief au motif en travaillant avec diverses pointes (boule à repousser, pied-de-biche, spatule, planoir, etc.).

LES TECHNIQUES DE BASE

Les systèmes de fermeture

Que ce soit pour les colliers ou les bracelets, il existe de nombreux modèles de fermetures. Ils peuvent être très simples ou plus élaborés, traditionnels (certains étaient déjà employés dans l'Antiquité) ou très modernes, tant au niveau de la technique que des matériaux.

Les perles de serrage

Elles sont très souvent utilisées dans les parures à base de fils de Nylon ou de fils métalliques et servent aussi à bloquer les perles décoratives. Glissez une perle de serrage sur le fil, une perle décorative et une autre perle de serrage. Faites passer l'extrémité du fil dans le trou de chaque perle, après avoir fermé une boucle pour finir un collier ou un bracelet. Avec une pince plate ou semi-ronde, écrasez les perles de serrage, puis coupez l'extrémité du fil à ras. De la même manière, pour relier un collier et un fermoir à mousqueton, enfilez d'abord deux perles de serrage, passez le fil dans la maille du fermoir et ramenez-le dans le trou des perles, avant d'écraser celles-ci à la pince pour fermer la boucle.

Les anneaux

1 Ce type d'anneaux (ou mailles) est idéal pour les colliers à fils multiples. Rassemblez tous les fils du collier et nouez-les solidement avec un morceau de fil métallique de 0,6 mm de diamètre. Faites passer l'extrémité du fil métallique dans le capuchon.

2 Enfilez l'anneau de fermeture.

3 Recourbez le fil métallique, avec une pince ronde, de l'autre côté du capuchon, de manière à former une boucle autour de l'anneau. Si nécessaire, rectifiez la longueur du fil.

4 En faisant levier avec les deux pinces en même temps, écartez les extrémités de l'anneau pour les ouvrir sans augmenter le diamètre. Glissez l'anneau dans la maille du fermoir à mousqueton et fermez avec la pince plate.

Le cache-nœuds

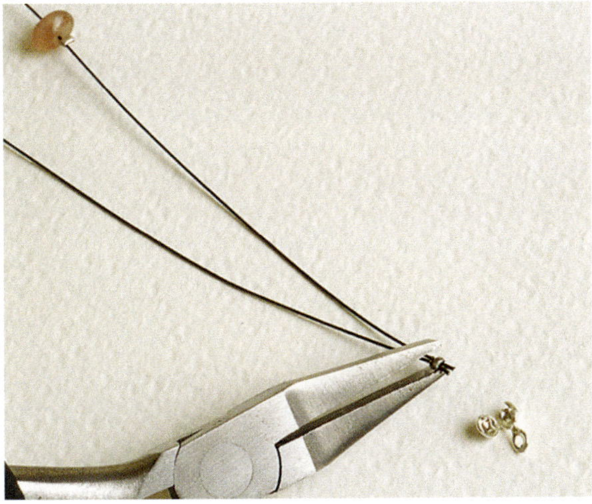

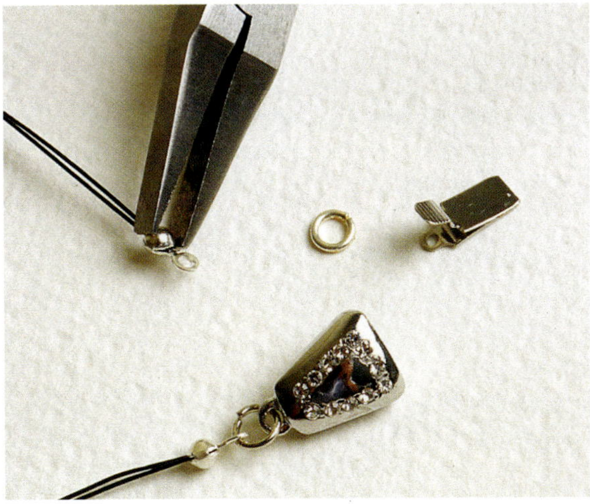

1 Ce petit accessoire se compose de deux coques reliées entre elles qui se ferment comme les deux valves d'un coquillage. Elles sont dotées d'un anneau qui permet de raccorder les fils du collier au fermoir. Choisissez la taille des coques en fonction du nombre de fils ou de la largeur du lacet. Glissez les fils dans une perle de serrage et écrasez celle-ci à la pince pour bloquer les perles.

2 Recouvrez la perle de serrage avec le cache-nœuds et serrez pour fermer les coques sans les écraser. Procédez de la même manière à l'autre extrémité du collier, pour monter les coques dotées d'une maille de raccord. Montez les anneaux sur les pièces du fermoir.

Les embouts pour les lacets et les cordonnets

1 Sélectionnez l'embout en fonction des dimensions du lacet. Enfilez le lacet dans la cavité prévue à cet effet. Serrez avec une pince plate pour bloquer le tout.

2 Ouvrez l'anneau de fermeture, et glissez-le entre l'embout et le fermoir à mousqueton (ou autre modèle de fermoir). Procédez de la même manière pour l'autre extrémité du collier, en utilisant la seconde pièce du fermoir.

Le montage « en cage »

Matériel
• Bobine de fil métallique souple argenté de 1 mm de diamètre • 3 ou 4 grosses perles de verre de dimensions et de coloris assortis • Triboulet gradué • Bague de référence • Pince ronde • Pince coupante

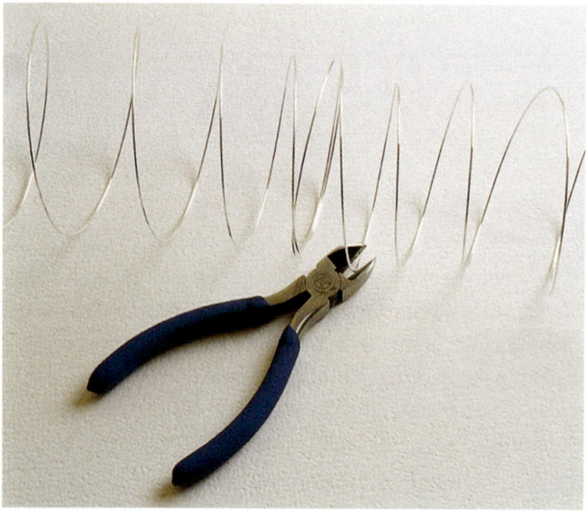

1 Avec la pince coupante, coupez 1 m de fil métallique.

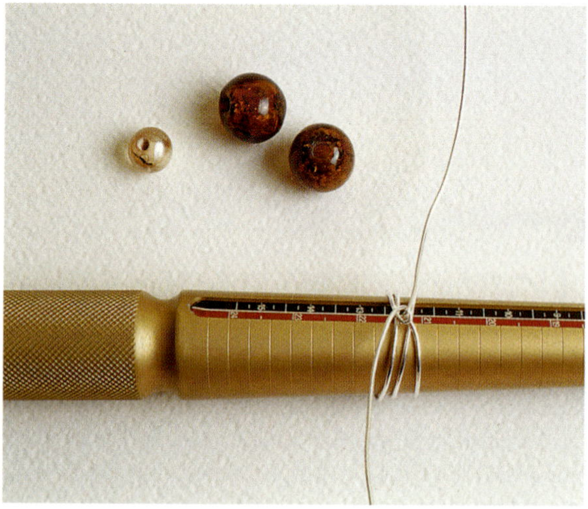

2 Glissez la bague de référence sur le triboulet. Notez la dimension et retirez la bague. En partant du milieu du fil métallique, faites trois tours autour du triboulet, au niveau de la dimension relevée. Serrez fort. Enroulez les deux extrémités du fil l'une autour de l'autre, afin de bloquer l'anneau de base.

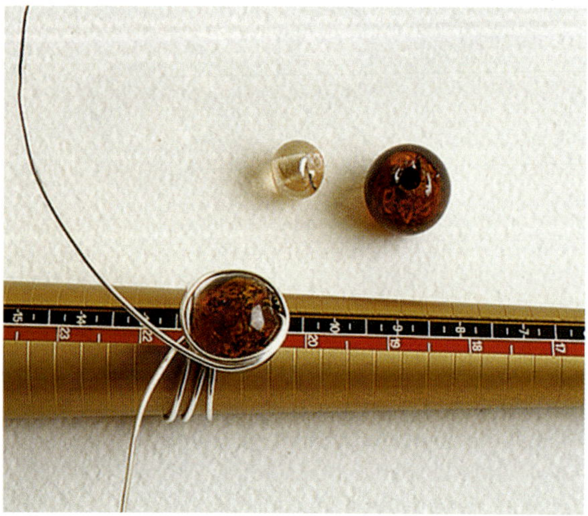

3 Enfilez une perle dans une extrémité du fil métallique. Bloquez la perle avec deux tours complets de fil. Enfilez la deuxième perle à l'autre extrémité, et bloquez-la de la même manière, avec deux tours de fil métallique.

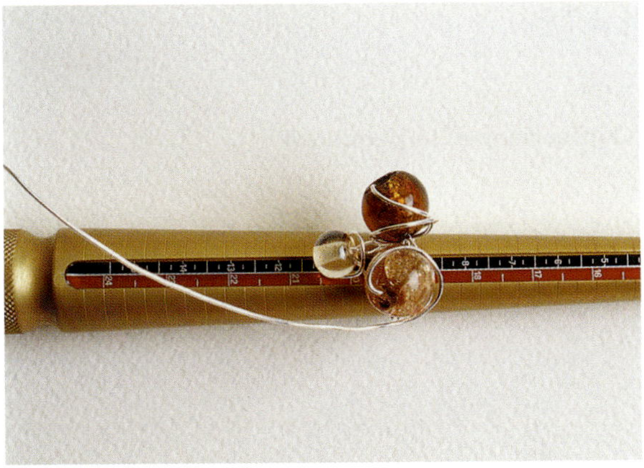

4 Enfilez la troisième perle en serrant chaque tour de fil, pour maintenir solidement l'assemblage sur l'anneau de base.

5 Enroulez les deux extrémités du fil métallique l'une autour de l'autre, afin de bloquer solidement le montage. Dissimulez-les en les faisant passer sous les perles, en veillant cependant à ce qu'elles ne risquent pas d'écorcher le doigt lorsqu'on enfilera la bague.

Le montage sur tige à tête plate

Matériel

Pour le pendentif du collier

• Lacet de caoutchouc noir avec fermoir
• 4 longues tiges à tête plate argentées • 32 perles en cristal à facettes dans les camaïeux de verts, clair à foncé • 1 barrette à 4 trous avec maille de montage • Pince ronde

Pour le bracelet

• Chaînette de la circonférence du poignet
• Tiges courtes à tête plate • Perles en cristal à facettes dans les camaïeux de verts, clair à foncé
• Fermoir à mousqueton (carabinier)
• Pince plate • Pince coupante

Pour la bague

• Triboulet • Fil métallique argenté • Perles en cristal à facettes dans les camaïeux de verts, clair à foncé • Une dizaine de tiges courtes à tête plate
• Pince ronde

Confectionner le pendentif

1 Enfilez huit perles sur chaque tige en jouant sur le dégradé des nuances, de manière à produire un effet assez régulier lorsque vous rapprocherez les quatre tiges.

2 Avec la pince ronde, courbez l'extrémité des tiges pour former un anneau sans fermer celui-ci.

3 Accrochez chaque tige perlée à une maille de la barrette multitrous. Fermez les anneaux en serrant à la pince. Pour terminer, glissez le lacet dans l'anneau central de la barrette.

Confectionner le bracelet

4 Enfilez une perle sur chaque tige. Formez un anneau à l'extrémité libre de chaque tige. Mesurez et rectifiez, si besoin, la longueur de la chaînette. Posez le fermoir à mousqueton à une extrémité. Accrochez l'anneau de chaque tige sur les mailles de la chaînette, et fermez-les avec la pince plate. Si nécessaire, coupez la partie en excédent. Garnissez ainsi tout le bracelet, en espaçant les breloques de perles montées sur tige à votre goût.

Confectionner la bague

5 Enroulez quatre tours de fil métallique sur le triboulet. Enroulez les deux extrémités du fil l'une autour de l'autre, pour bloquer l'anneau de base de la bague. Enfilez une perle sur chacune des tiges courtes. Formez un anneau à l'autre extrémité de chaque tige. Accrochez les anneaux sur la base de la bague, et fermez à l'aide de la pince ronde.

Le montage sur filigrane

Matériel
Pour la broche
- Filigrane ovale de couleur bronze
- Support rond pour broche d'un diamètre légèrement inférieur à celui du filigrane
- Tige à tête plate de longueur moyenne de couleur bronze
- Tige courte à anneau de couleur bronze
- Petit filigrane en croix
- Fil de Nylon
- Perles en verre rose : 5 à facettes de taille moyenne, 11 lisses de taille moyenne et 5 opaques de petite taille
- Pince ronde
- Pince coupante

1 Fixez le fil de Nylon sur l'envers du filigrane ovale, et faites-le ressortir sur l'endroit, au centre. Enfilez des perles moyennes lisses (ici, deux) pour former un rang du centre vers une des deux extrémités du filigrane. Glissez le fil entre les mailles du filigrane et ressortez-le sur l'endroit. Enfilez une autre perle lisse et bloquez-la en passant le fil sous le filigrane.

2 Enfilez deux autres perles. Ramenez le fil au point de départ et nouez-le. Répétez l'opération pour garnir l'extrémité opposée de la même manière. Nouez le fil sous le filigrane.

3 Avec le fil, montez quatre perles opaques sur le milieu du filigrane, perpendiculairement aux précédentes. Nouez le fil sur l'envers, pour bloquer les perles. Complétez la composition avec trois perles à facettes, que vous disposerez en croix par rapport aux précédentes. Nouez solidement le fil sur l'envers.

4 Préparez la breloque : enfilez une perle à facettes sur la tige à anneau et les trois perles restantes, de la plus petite à la plus grosse, sur la tige à tête plate. Recourbez l'extrémité des tiges, pour former des anneaux sans les fermer. Accrochez la tige à tête plate d'un côté du petit filigrane, et la tige à anneau de l'autre. Fermez les anneaux à l'aide de la pince ronde.

5 Utilisez l'anneau de la tige pour accrocher la breloque au filigrane. Pour terminer, posez le support de broche sur l'envers du filigrane. Avec la pince, fermez les mâchoires du support dans les mailles du filigrane, de manière à assembler solidement les deux pièces tout en dissimulant les nœuds de fil de Nylon.

LE WIRE-WIRE

Matériel
Pour le collier
• Tour de cou • Appareil Wire-Wire pour petits calibres • Fil de métal argenté de 0,3 mm de diamètre • Fil de métal vert de 0,6 mm de diamètre • 5 longues tiges à tête plate argentées • 5 perles de rocaille vert acide • Pince ronde • Pince coupante

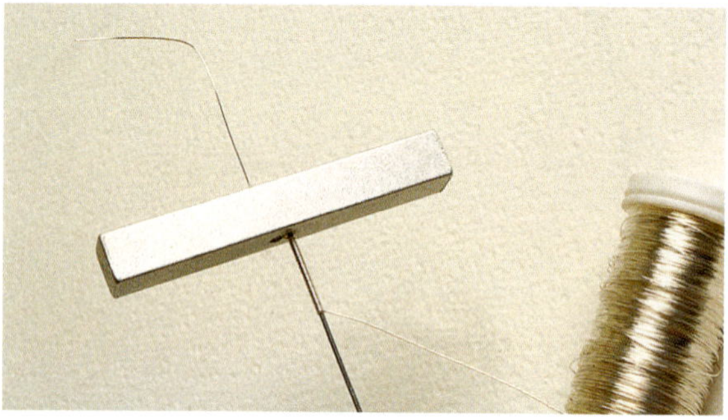

1 Glissez le fil argenté dans le trou de l'appareil en repliant légèrement l'extrémité libre, afin de maintenir le montage.
En bloquant la tige d'une main, faites tourner le pivot, de manière que le fil relié à l'appareil s'enroule autour de la tige en formant une spirale régulière de 10 cm de hauteur.
De temps en temps, interrompez le travail pour resserrer les tours.

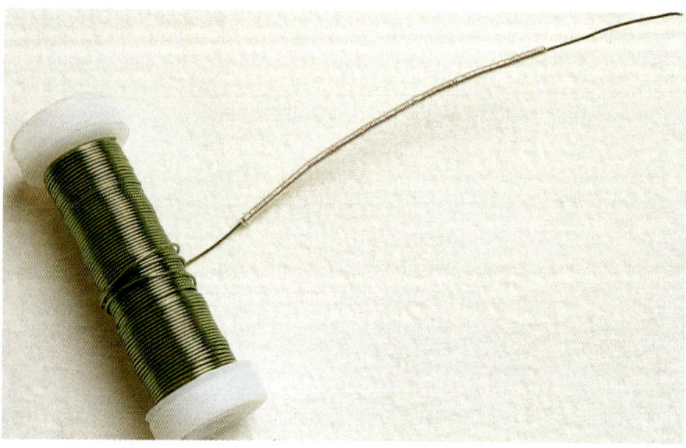

2 Coupez le fil relié à l'appareil. Dégagez la spirale en la faisant glisser le long de la tige. Coupez l'extrémité repliée au début du travail. Glissez le fil métallique vert à l'intérieur de la spirale.

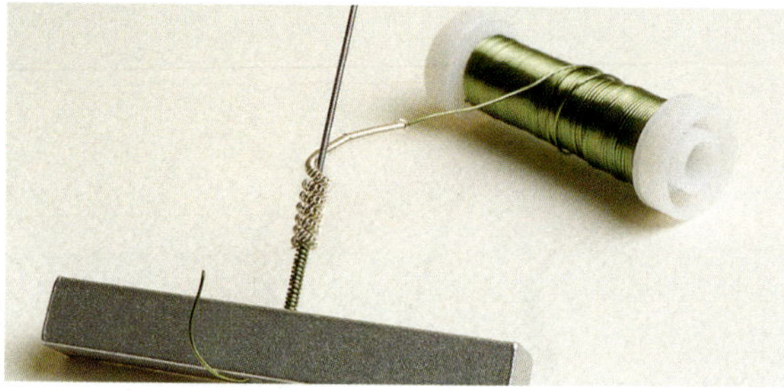

3 Fixez le fil vert sur l'appareil Wire-Wire, en le faisant passer par le trou. Enroulez-le autour de la tige, en formant une spirale de 3 ou 4 mm. Continuez avec la spirale argentée et, une fois celle-ci achevée, avec le fil vert pendant encore 3 ou 4 mm. Coupez l'extrémité des fils.

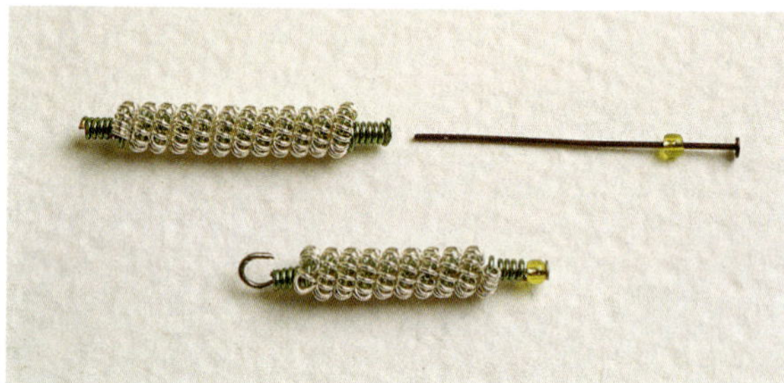

4 Enfilez une petite perle de rocaille dans l'une des tiges à tête plate. Glissez celle-ci à l'intérieur de la spirale.

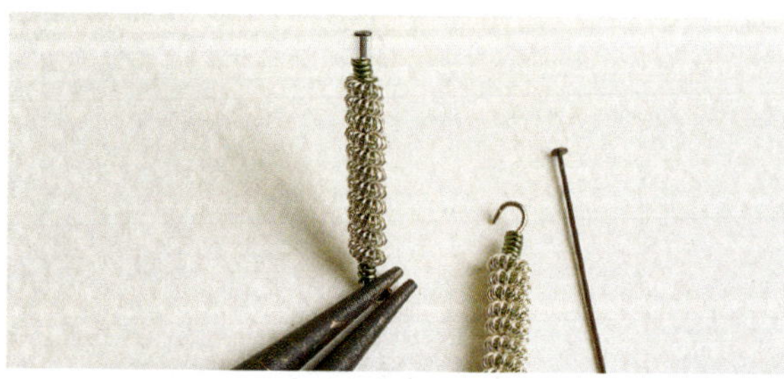

5 Recourbez l'extrémité libre de la tige en formant un anneau sans le fermer (si nécessaire, rectifiez la longueur du fil). Confectionnez ainsi cinq spirales, en prévoyant une spirale assez longue pour le milieu du pendentif et des spirales de plus en plus courtes de part et d'autre. Pour terminer, accrochez les anneaux sur le tour de cou et fermez avec la pince.

Le montage en tissage

Matériel
Pour le collier
• Perles à facettes en cristal « scarabée » noir : 11 de 8 mm de diamètre, 180 de 6 mm et 31 de 4 mm • Fil de Nylon câblé de 0,3 mm de couleur foncée • Perles de serrage • Cache-nœuds
• Fermoir en T • Pince ronde

1 Enfilez trois perles, que vous placerez au centre de la longueur du fil de Nylon. Pour exécuter le premier point, enfilez une quatrième perle et croisez les deux extrémités du fil de Nylon à l'intérieur de celle-ci.

2 Enfilez une perle sur chaque extrémité du fil et croisez les deux fils à l'intérieur d'une troisième perle. De temps en temps, tendez le fil pour consolider le tissage. Toutes les croix se composent de quatre perles.

3 Une fois la longueur désirée obtenue, revenez en arrière en exécutant une boucle. Enfilez deux perles à une extrémité du fil et une seule perle à l'autre extrémité. Croisez les fils dans cette perle. Pour tourner à gauche, enfilez deux perles sur l'extrémité du fil de droite et croisez les fils sur la perle de gauche ; pour tourner à droite, enfilez deux perles sur le fil de gauche et croisez les fils sur une autre perle, que vous enfilerez à droite.

4 Pour augmenter l'épaisseur du collier, on croise les fils en revenant en arrière. Procédez ainsi en sens inverse sur toute la longueur de la parure, en enfilant chaque fois une perle à une extrémité et en faisant passer l'autre extrémité dans l'une des perles correspondantes du rang précédent. Pour accentuer la courbure d'un collier tel que le modèle illustré page ci-contre, exécutez les croisements en formant un rang de perles de grosse taille sur le bord externe et un rang de perles plus petites sur le bord interne : les grosses perles élargissent la courbure, tandis que les petites la réduisent. Bloquez les fils avec des perles de serrage, et posez les cache-nœuds. Pour terminer, accrochez les cache-nœuds aux pièces du fermoir en T.

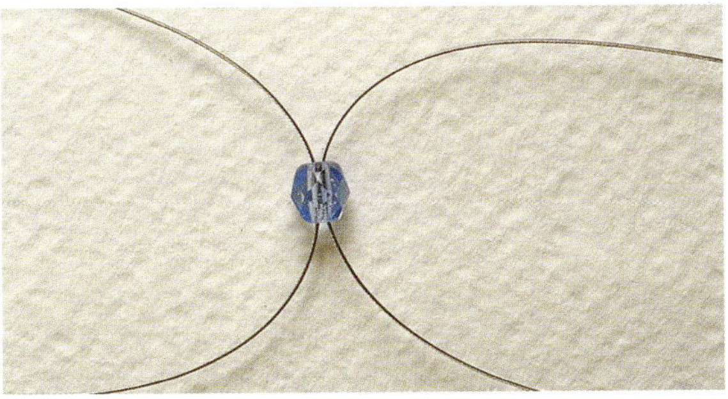

5 Lorsque vous maîtriserez le tissage à un fil, vous pourrez vous lancer dans les modèles linéaires à deux fils, qui permettent de travailler simultanément vers la droite et vers la gauche.
Coupez deux fils de la même longueur. Glissez-les dans la même perle en les maintenant dans des directions opposées et en plaçant la perle au milieu.

6 Ajoutez autant de perles de chaque côté. Croisez les fils à l'intérieur d'une nouvelle perle et continuez ainsi jusqu'à la longueur voulue.
La photo ci-dessus est celle d'un modèle plat composé ici d'un nombre impair de perles.

Le montage en boucle

Matériel
Pour la bague
- Support de bague
- Platine criblée aux dimensions du support
- Fil de Nylon de 0,25 mm de diamètre
- Perles de rocaille jaune d'or
- 19 perles en cristal à facettes de 6 mm de diamètre, marron et topaze
- Pince ronde

1 En général, on monte directement les perles sur la platine, en passant le fil dans les trous sans avoir recours à une aiguille. Ici, nous en avons utilisé une, afin de mettre la technique en évidence. Nouez le fil sur l'envers de la platine et faites-le ressortir sur l'endroit, au centre. Enfilez une perle à facettes et une rocaille. Repassez le fil dans la perle à facettes, pour le faire sortir sur l'envers. Tendez-le bien.

2 Continuez ainsi tout autour de la perle du centre, en formant un premier rang circulaire de perles marron, et un second de perles topaze.

3 Pour le tour, enfilez sept perles de rocaille sur le fil, et formez une petite boucle au ras du bord. Continuez ainsi en formant des boucles perlées pour garnir tout le tour de la platine.

4 Montez la platine sur le support de la bague, en forçant légèrement avec la pince. Fermez les mâchoires du support sur la platine pour bloquer celle-ci.

Pour le pendentif du collier, on a utilisé la même technique de montage en boucle. Toutefois, comme les perles sont beaucoup plus grosses, l'opération est plus simple et plus rapide, mais le résultat est spectaculaire et élégant.

Le montage au crochet

Matériel
Pour le bracelet
- Fil galvanisé argenté de 0,25 mm de diamètre
- Crochet n° 3
- 15 perles blanches en cristal à facettes
- 20 perles d'obsidienne naturelle grises et noires
- 10 petites perles en verre noir
- 1 grosse perle noire pour la fermeture
- Pince ronde
- Pince coupante

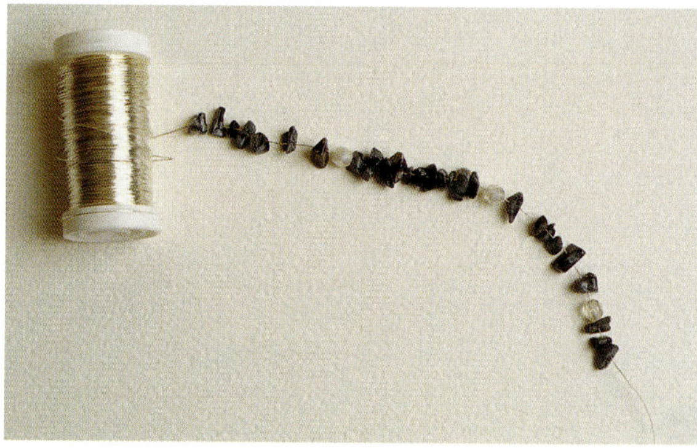

1 Tirez 40 cm environ de fil argenté, sans le détacher de la bobine. Enfilez les perles d'obsidienne, en alternant avec des perles à facettes. Le fil doit rester relié à la bobine.

2 Le bracelet se compose de deux rangs de perles de même longueur, réunis par une maille à intervalles réguliers. Chaque rang se compose de points de chaînette réalisés au crochet avec le fil argenté en prenant une perle dans chaque point. Pour chaque point, formez une boucle de fil, glissez le crochet dans la boucle et, avec la pointe du crochet, faites passer le brin libre de fil pour former une nouvelle maille (une demi-bride).

3 Continuez ainsi jusqu'à la longueur voulue (le tour du poignet) pour terminer le rang. Enfilez la grosse perle noire, et revenez en arrière. Continuez comme précédemment, en piquant le crochet dans la maille du rang précédent tous les 3 ou 4 cm, pour relier les deux rangs. À l'extrémité du bracelet, fermez la chaînette par un nœud. Coupez en laissant libre environ 5 cm de fil, sur lequel vous enfilerez les petites perles en verre noir. Fermez en formant une boucle maintenue par un nœud.

Les adeptes des ouvrages au crochet n'auront aucun mal à réaliser ce collier à pendentifs. Pour chaque médaillon, commencez par un point de chaînette et travaillez en cercle en exécutant des rangs de demi-bride avec le fil orné d'une perle pour chaque point. Au fur et à mesure, ajoutez des points de chaînette pour agrandir la circonférence et obtenir un collier parfaitement plan.

DES IDÉES DE BIJOUX…

... AVEC DES PERLES

Depuis toujours, les perles tiennent la première place dans la composition des bijoux fantaisie, et leur succès repose certainement sur les innombrables possibilités décoratives qu'elles offrent. Les perles existent sous toutes les formes et dans tous les matériaux – verre, métal, bois, pierre, céramique, etc. –, et il est également possible de les fabriquer soi-même avec de l'argile ou de la pâte Fimo®, par exemple, pour obtenir le modèle de son choix. En jouant sur les reflets, la matière, les couleurs, la taille et les formes, originales ou irrégulières, vous composerez de véritables œuvres d'art. Vous trouverez dans les pages suivantes toutes les instructions nécessaires pour réaliser des bijoux avec des perles traditionnelles, mais aussi avec des matériaux plus novateurs. Classiques, romantiques ou résolument modernes, vous choisirez les projets en fonction de votre style. Commencez par des modèles simples et, si le résultat ne correspond pas à votre attente, n'hésitez pas à démonter le bijou pour récupérer les perles et en faire un autre !

KEITAI FÉTICHE

Accessoire indispensable du téléphone portable, le keitai fait fureur au Japon (où le mot désigne d'ailleurs l'appareil lui-même). Il s'agit d'un bijou traditionnel transformable à volonté pour orner, à la manière de nos scoubidous des années 1960, une trousse ou un sac, un poignet ou une cheville, ou servir de porte-clefs. Vous pouvez remplacer le fil de Nylon par de la ficelle, une lanière de cuir ou un lacet de caoutchouc.

Matériel

Pour le keitai blanc, vert et bleu

- Fil de Nylon
- Perles en verre à facettes de 6 mm de diamètre : 12 bleues, 16 vertes et 16 transparentes
- 20 perles tubes transparentes
- Cache-nœuds avec anneau
- Perles de serrage
- Anneau de fermoir
- Fermoir à mousqueton
- Pince ronde
- Ciseaux

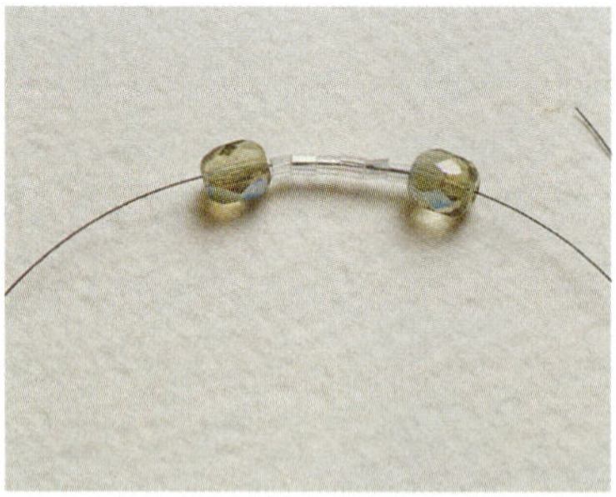

1 Préparez 1 mètre de fil de Nylon. Enfilez six perles tubes entre deux perles à facettes vertes. Faites glisser le rang de perles au milieu de la longueur de fil.

2 Enfilez une perle tube à une extrémité du fil. Passez l'autre extrémité dans cette perle de manière à croiser les fils. Rectifiez la position des autres perles au centre de la boucle ainsi obtenue.

3 Ajoutez une perle de couleur et une perle transparente de chaque côté. Enfilez une autre perle tube et croisez à nouveau les fils. Rectifiez la tension du fil et la position des deux boucles de perles. Continuez ainsi en alternant les perles de couleur et les perles transparentes.

4 Pour terminer, enfilez six perles tubes sur chaque extrémité du fil. Glissez les deux extrémités du fil dans une perle de serrage, et écrasez avec la pince. Coupez l'excédent de fil et posez le cache-nœuds à anneau. Accrochez cet anneau à la maille du fermoir à mousqueton.

5 Accrochez le mousqueton à la languette de la fermeture à glissière de la trousse.

Colliers sur fil câblé

Voici deux colliers qui ne risquent pas de passer inaperçus ! Ils se composent simplement de perles de rocaille montées sur un fil assez rigide pour adopter une forme originale. Le premier, orné d'un morceau d'ambre placé de façon asymétrique, est noué de manière à lui conférer une allure très couture.
Le second, de facture et de coloris plus complexes, affiche un style baroque raffiné, dans un chatoiement de reflets chauds.

Matériel
- Fil de Nylon câblé
- 1 grosse perle translucide brune
- 1 morceau d'ambre percé
- 40 g environ de perles de rocaille dans des tons marron et topaze

Pour la fermeture
- Chaînette
- 4 perles en verre (2 moyennes et 2 petites)
- 1 perle en pierre dure
- 2 calottes
- Perles de serrage
- 1 fermoir à mousqueton (carabinier)
- 20 cm de fil métallique de 0,6 mm de diamètre
- Pince ronde • Pince coupante

1 Commencez par la première moitié du collier : coupez quatre longueurs de fil de Nylon câblé de 1 m. Garnissez chaque longueur de perles de rocaille assorties, en laissant 20 cm de fil libre à une seule extrémité. Pliez les quatre rangs de perles en deux, nouez-les et bloquez les rocailles avec des perles de serrage.

2 Faites passer les extrémités libres de fil dans la grosse perle translucide, puis dans le morceau d'ambre. Complétez par des perles de rocaille jusqu'au niveau du fermoir. Ajoutez une perle moyenne, la calotte, une petite perle, la chaînette et la perle en pierre dure.

3 Pour la seconde moitié du collier : coupez quatre longueurs de fil de Nylon câblé de 50 cm. Garnissez deux longueurs de rocailles marron, et les deux autres de rocailles topaze. Pliez les quatre longueurs de perles et, après avoir fait passer une des extrémités du faisceau dans la première moitié du collier (voir photo), exécutez le nœud en boucle. Bloquez les extrémités avec des perles de serrage. Réunissez les extrémités avec du fil métallique. Terminez par la perle moyenne, la calotte et la petite perle restantes, et par le fermoir à mousqueton.

COLLIER TORSADÉ SUR FIL CÂBLÉ

Matériel
• 30 perles en verre de différentes dimensions et de couleurs assorties, de topaze à brun • Fil de Nylon câblé
• 70 g de perles de rocaille dans les tons marron et topaze

Pour la fermeture
• 32 petites perles en verre jaune • 20 cm de fil métallique doré de 0,6 mm de diamètre • Perles de serrage
• Fermoir à mousqueton • Anneaux mailles • Pince ronde • Ciseaux • Pince coupante

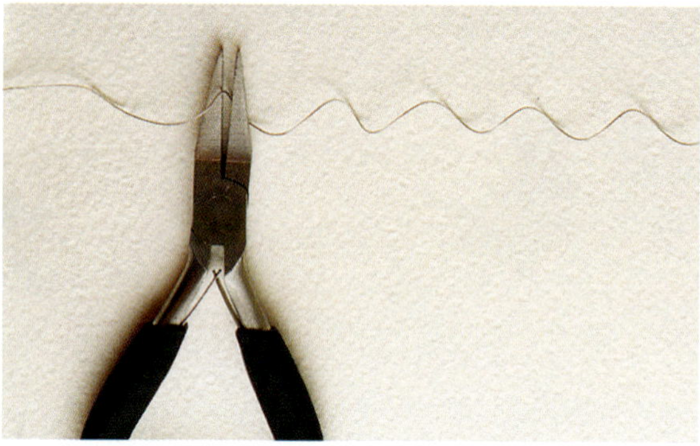

1 Coupez six longueurs de fil de Nylon câblé de 90 cm. À une dizaine de centimètres de l'extrémité, tendez chaque fil avec la pince ronde ou avec le dos des ciseaux, et faites glisser le fil autour pour le faire boucler, comme s'il s'agissait de bolduc. Arrêtez de boucler à 10 cm de l'autre extrémité.

2 Garnissez le premier fil de rocailles topaze, en ajoutant de temps en temps une perle plus grosse. Les intervalles peuvent être irréguliers, mais les grosses perles ne doivent pas être écartées de plus de 8 ou 10 cm.

3 Garnissez deux autres longueurs de fil avec les rocailles topaze de la même manière. Garnissez les trois autres fils de perles de rocaille marron.

4 Bloquez les perles avec des perles de serrage. Réunissez les extrémités six par six avec le fil métallique doré, en ménageant une certaine longueur pour confectionner un anneau. Ajoutez des perles jaunes en utilisant la technique du tissage (voir page 30). Formez l'anneau avec le fil doré pour relier le collier à la maille du fermoir à mousqueton.

SAC DE SOIRÉE

Une occasion spéciale, une belle robe... Pour davantage de raffinement, soignez les détails ! Voici le petit sac indispensable pour compléter votre tenue avec élégance. Réalisé comme une broderie précieuse, il étincellera toute la soirée de ses chauds reflets ambrés.

Matériel
- 5 paquets de petites perles à facettes topaze
- 1 067 perles de rocaille topaze
- Fil de Nylon
- Ciseaux

1 Commencez par une face du sac. En suivant les instructions de la technique de tissage (voir page 30), confectionnez dix croix de quatre perles à facettes chacune, en intercalant chaque fois quatre perles de rocaille. Exécutez ainsi cinq rangs de croix.

2 Augmentez le nombre de perles de chaque croix : huit perles à facettes et huit perles de rocaille. Continuez ainsi pendant cinq rangs. Confectionnez le second côté du sac en reprenant les instructions à l'étape 1.

3 Pour donner de l'ampleur au sac, ajoutez une bande d'aisance entre les panneaux : exécutez deux rangs de petites croix pour le fond et les côtés jusqu'à mi-hauteur. Terminez les côtés par des croix plus grandes. Assemblez la bande et les panneaux du sac en exécutant des points de surjet avec du fil de Nylon et une aiguille. Pour terminer, confectionnez une bandoulière de 15 cm de longueur, en exécutant des petites croix. Cousez la bandoulière au sac avec une aiguille et du fil de Nylon.

Perles de résille

Les perles de ce collier très original sont formées d'aumônières de rocailles que l'on glisse dans du ruban tubulaire noué à intervalles réguliers. L'ensemble donne un résultat aérien et précieux, dans une harmonie de noir et or.

Matériel
• 6 morceaux de résille tubulaire dorée : un morceau de 35 cm de longueur, un de 42 cm et quatre de 30 cm • 30 g de perles de rocaille « scarabée » • Crayon • Bouchon de stylo-feutre • 4 cache-nœuds à clip • 4 mailles de fermeture • Fermoir à mousqueton • Fil métallique de 0,6 mm de diamètre • Pince ronde • Ciseaux

1 Commencez par utiliser les morceaux de résille tubulaire de 35 cm et de 42 cm de longueur, qui formeront la partie centrale du collier. Faites un nœud à 10 cm de l'extrémité de chaque longueur. Glissez le crayon dans le tube de résille, pour l'ouvrir, et versez un bouchon de stylo-feutre de perles de rocaille.

2 Faites descendre les rocailles dans la résille tubulaire jusqu'au nœud. Bloquez le volume de perles en nouant la résille de manière à former une grosse perle.

3 Remplissez ainsi les deux longueurs de résille tubulaire, en formant des paquets de rocailles séparées par un nœud et en espaçant les perles à votre goût. Sur la photo, le long morceau de résille comporte quatre grosses perles centrales et deux latérales ; le plus court est garni de trois perles centrales et de deux latérales.

4 Nouez les extrémités des deux rubans avec le fil métallique, et recouvrez avec un cache-nœuds en laissant dépasser assez de fil métallique pour former une boucle. La partie centrale des deux longueurs de collier est prête.
Alignez deux par deux les quatre morceaux de résille tubulaire de 30 cm de longueur. Nouez les longueurs deux à deux, au centre, en prenant un anneau dans chaque nœud afin de relier les deux parties du collier. Pour terminer, posez un cache-nœuds sur chaque extrémité supérieure du collier et accrochez les pièces du fermoir à mousqueton.

MULES PERLÉES

Pour confectionner ces mules dignes de Schéhérazade, il vous faudra solliciter le concours de votre cordonnier. La réalisation exige un peu de soin et de patience, mais une fois la technique maîtrisée, vous aurez certainement envie d'adapter le modèle pour créer toute une collection de chaussures digne des *Mille et Une nuits !*

Matériel
- Gabarit de semelle et d'empeigne d'une paire de mules de soirée
- 50 cm de cotonnade beige
- 80 x 40 cm de peau souple
- Plume
- Papier cartonné
- Fil doré et aiguilles
- Quelques perles de rocaille couleur jais
- Perles de rocaille toupie en cristal doré
- Ciseaux

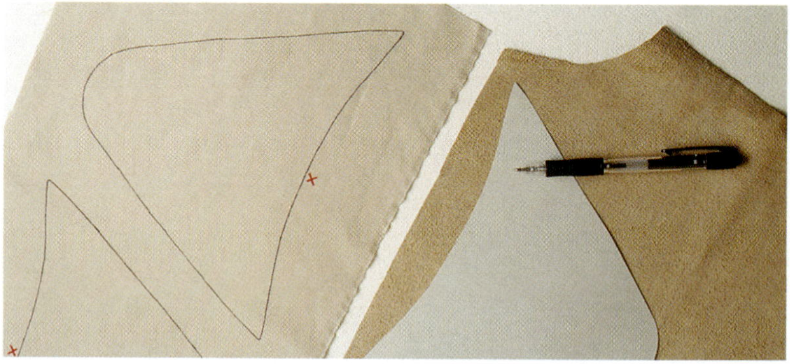

1 Demandez à votre cordonnier de préparer des gabarits pour réaliser une paire de mules de soirées à votre pointure, avec l'empeigne en pointe. Reportez deux fois les gabarits sur la cotonnade beige, en ajoutant 1 cm sur tous les bords pour les coutures. Répétez l'opération sur la peau. Découpez les quatre formes.

2 Découpez le papier cartonné à la forme de la cotonnade de l'empeigne. Cousez celle-ci sur les gabarits en carton à points de bâti. Sur le tissu, tracez une série de lignes ondulées très rapprochées.

3 En suivant le tracé, cousez les perles de rocaille dorées, avec le fil doré, en les espaçant de 3 ou 4 mm les unes des autres. À intervalles plus ou moins réguliers, ajoutez une rocaille jais. Décorez ainsi les deux pièces de cotonnade montées sur carton.

4 Bord à bord et envers contre envers, assemblez la cotonnade et la peau par une couture au niveau de l'arc du cou-de-pied. Faufilez tout le tour. Découpez deux semelles dans la peau, puis rapportez le tout chez le cordonnier, qui montera les pièces pour réaliser les mules.

Parure tricotée en fil de cuivre

Il suffit d'une petite heure, même aux débutantes, pour réaliser ce collier qui ornera luxueusement votre décolleté. Si vous maîtrisez bien la technique du tricot, vous aurez du mal à résister à la tentation de réaliser toute la parure (collier, bracelet, boucles d'oreilles et bague).

Matériel

Pour le collier

• Fil de cuivre bordeaux de 0,3 mm de diamètre • Aiguilles à tricoter n° 4 • 50 perles dans des nuances de rose de formes et de dimensions différentes, opaques et transparentes • 30 g de perles de rocaille roses • 2 anneaux • Pince ronde • Pince coupante

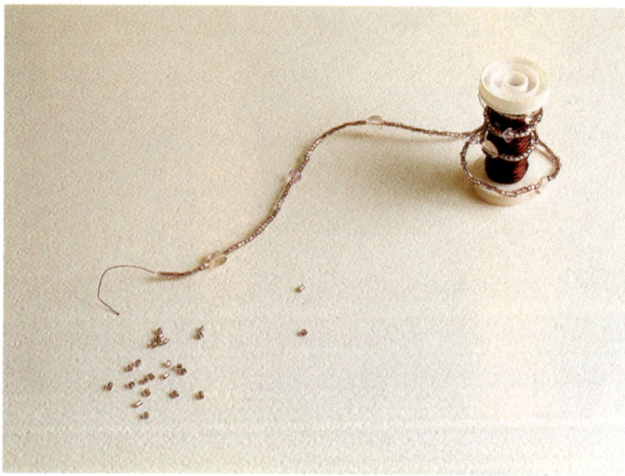

1 Préparez environ 2 m de fil de cuivre. Enfilez les perles de manière aléatoire, en cherchant simplement à placer les plus grosses à intervalles réguliers.

2 Montez une douzaine de mailles sur une aiguille à tricoter. Tricotez le premier rang uniquement avec le fil de cuivre. Continuez à tricoter en plaçant une perle à chaque maille ou une maille sur deux.

3 Augmentez d'un côté et diminuez de l'autre les mailles du collier de fil de cuivre comme s'il s'agissait de laine à tricoter, pour obtenir la forme en triangle du centre. Fermez avec des anneaux et le fermoir à mousqueton.

COLLIER LARIAT

D'origine espagnole, le mot « lariat » désigne un collier sans fermoir que l'on se contente de nouer sur la nuque. C'est un bijou que l'on peut aussi porter en ceinture, pour illuminer une robe fourreau de couleur unie. Ce modèle ultrasimple associe les nœuds et les perles tissées.

Matériel

- Fil de Nylon de 0,25 mm de diamètre
- 38 perles en cristal Swarovski de 4 mm de diamètre pour la partie topaze
- 20 perles en cristal Swarovski pour les extrémités
- 40 g environ de perles de rocaille or et topaze foncé
- Ciseaux
- Pince ronde

1 En reprenant la technique du tissage (voir page 30), confectionnez le filigrane en forme de double hexagone : croisez trois perles en cristal et trois perles de rocaille. Confectionnez un second filigrane identique au premier.

2 Pour les brins externes du collier : coupez une aiguillée de fil de Nylon de 1 m environ. Nouez une perle à une extrémité du fil, et enfilez 40 cm de perles de rocaille. Nouez le fil de Nylon sur une des perles en cristal du premier filigrane. Enfilez encore 40 cm de perles de rocaille. Fermez la longueur avec deux ou trois perles en cristal.

3 Confectionnez de la même manière trois autres longueurs de perles de rocaille en terminant par quelques perles de cristal. Vous devez obtenir quatre brins à partir d'un côté de chaque filigrane.

4 Pour la partie centrale du collier : garnissez de perles de rocaille deux autres longueurs de fil de Nylon de 1 m. Reliez-les deux à deux aux filigranes, en faisant passer les fils entre les perles pour les fixer.

ÉPINGLES ROMANTIQUES

Autrefois, les femmes ornaient leur chapeau ou leur foulard avec une épingle décorative qui avait également pour fonction de les maintenir en place. Aujourd'hui, cet accessoire est de nouveau à la mode : les jeunes femmes s'en parent dans un style plus désinvolte que leurs grands-mères et, parfois, en ornent aussi leurs cheveux.

Matériel

Pour une épingle

- Support d'épingle avec fermoir à embout • Perle métallique tubulaire dorée en anneau
- Grosse perle nacrée • Perle creuse dorée en métal ouvragé • 3 calottes dorées en forme de fleur
- 2 perles de serrage dorées • 2 perles de rocaille à facettes en métal doré • Colle universelle
- Bobine de fil métallique de 0,25 mm de diamètre • Pince coupante

1 Disposez une perle en forme d'anneau, une calotte en forme de fleur et deux perles de rocaille sur le plan de travail. Coupez environ 10 cm de fil métallique.

2 Glissez le fil métallique dans la perle en anneau. Enfilez, dans l'ordre suivant, de manière à les placer à l'intérieur de l'anneau : une perle de rocaille, une calotte et une perle de rocaille. Faites sortir le fil métallique de l'autre côté de l'anneau.

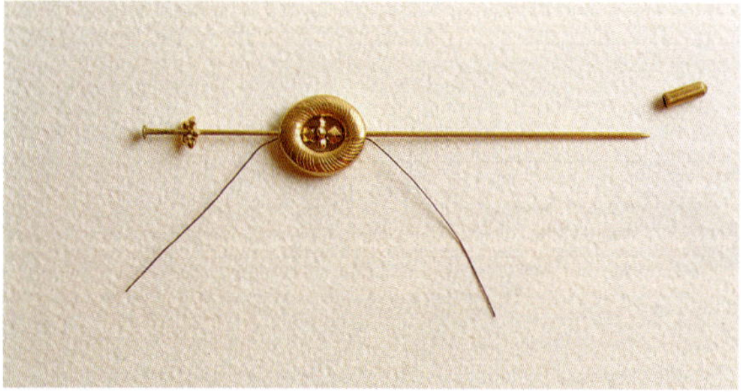

3 Sur l'épingle, enfilez une calotte que vous pousserez jusqu'à la tête. Glissez l'épingle dans la perle en anneau garnie, puis retirez le fil métallique qui vous a servi de guide.

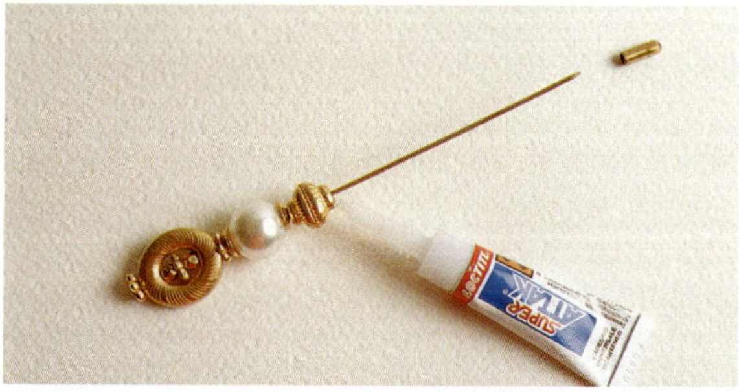

4 Sur l'épingle, enfilez la calotte restante, une perle de serrage (que vous n'écraserez pas), la perle nacrée, la seconde perle de serrage et, enfin, la perle creuse en métal ouvragé. Fixez avec une goutte de colle universelle. Replacez l'embout.

Collier en résille

Les perles de rocaille et la résille tubulaire permettent de réaliser en quelques minutes un collier très original. Toute la beauté de ce modèle repose sur la combinaison de textures lisses et grainées, de perles brillantes et de ruban mat. Il est en outre enrichi par un superbe filigrane qui reprend les nuances dominantes dans un scintillement de perles.

Matériel
- 4 longueurs de résille tubulaire marron glacé de 42 cm
- 3 chaînettes de coton marron glacé de 42 cm
- Fil de Nylon de 0,25 mm de diamètre
- Perles de rocaille : 2 aiguillées de 42 cm de couleur topaze, 2 aiguillées de 42 cm de couleur brune et 1 aiguillée de 42 cm de couleur jaune
- Filigrane ovale de couleur bronze
- Perles de serrage de couleur bronze
- Fermoir à mousqueton de couleur bronze
- Cache-nœuds de couleur bronze
- Embout de couleur bronze
- Pince plate
- Pince coupante

Pour le fermoir en crochet
- 2 gros anneaux de couleur bronze
- 6 tiges à anneau
- 6 perles moyennes en cristal Swarovski ambre
- 4 anneaux mailles

Pour le médaillon
- Filigrane ovale de couleur bronze
- Perles de rocaille topaze
- 4 perles en cristal Swarovski de 6 mm de diamètre
- Tige à anneau
- Fil de Nylon

1 Bloquez une extrémité de chacun des fils du collier en utilisant des perles de serrage et des cache-nœuds pour les longueurs de perles, et des cache-nœuds pour la résille. Montez les cache-nœuds et les embouts sur un seul anneau assez large. Garnissez l'autre extrémité de chaque enfilée de perles de la même manière. Montez le fermoir décoratif en associant les tiges, les perles en cristal et les anneaux.

2 Étalez le collier sur le plan de travail et pliez-le en deux, de manière à repérer le milieu. Glissez le filigrane ovale sous le collier.

3 Avec la pince plate, serrez délicatement le filigrane autour des fils du collier, afin de le fermer en rond et de le bloquer à l'emplacement choisi.

4 Préparez le médaillon en suivant les instructions de la page 26. Reliez les deux filigranes avec un crochet composé d'une perle en cristal et d'une tige à anneau.

Sautoir graphique

Un collier résolument moderne, à porter noué sur le devant. Associez-le à une tenue sombre, plutôt sobre, qui mettra tous ses éléments en valeur. Pour le réaliser, il suffit de quelques longueurs de lacet ou de cordon et d'accessoires en métal doré, assez lourds, dotés d'anneaux tubulaires. Détail raffiné : les fils se terminent par de petites perles également en métal doré.

Matériel
• 2 accessoires décoratifs en métal doré avec anneaux tubulaires aux deux extrémités • Ruban « queue de rat » marron glacé : 2 longueurs de 160 cm et 4 longueurs de 60 cm • 8 perles tubulaires en métal doré à passant large • 8 perles sphériques en métal doré à passant large • Aiguille et fil marron assorti

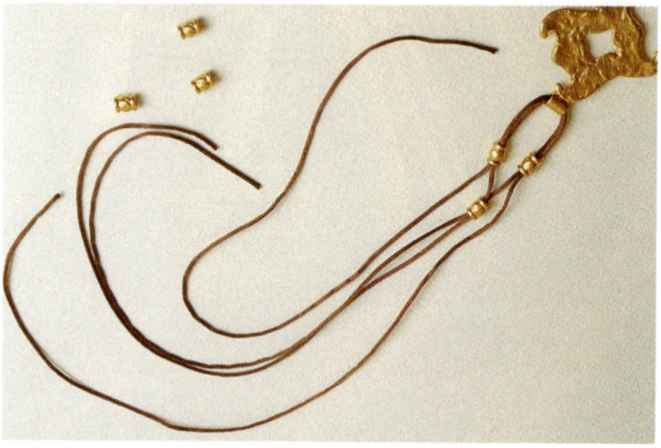

1 Enfilez dans l'un des anneaux tubulaires d'un ornement en métal doré deux rubans de 160 cm. Faites glisser l'ornement jusqu'au milieu des rubans. Enfilez une perle tubulaire dans chaque paire de brins, jusqu'à l'ornement. Formez une croix en rapprochant un brin de chaque paire pour enfiler une troisième perle tubulaire sur deux brins.

2 Faites un nœud au-dessus de la dernière perle. Répétez l'opération en inversant l'ordre des instructions pour l'autre extrémité des quatre brins du ruban. Assemblez les extrémités libres par quelques points de couture. Glissez la couture dans le passant du second ornement, afin de la dissimuler. Rapprochez les quatre longueurs de ruban de 60 cm pour les glisser, deux par deux, dans le passant inférieur de chaque ornement en métal doré. Enfilez une perle tubulaire sur deux brins, et faites un nœud en prenant les quatre brins ensemble.

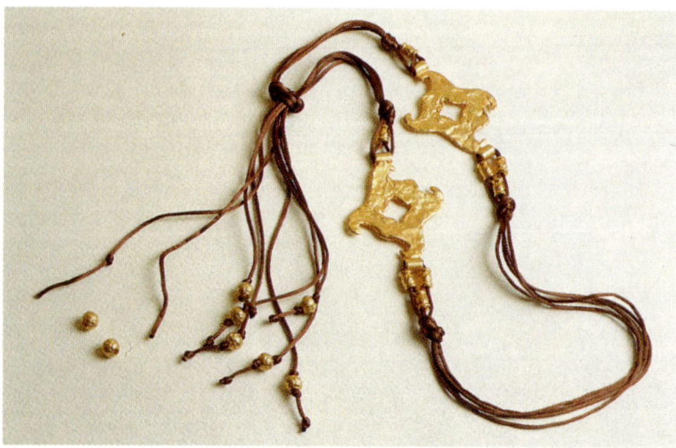

3 À l'extrémité de chacun des huit brins, faites un nœud, enfilez une perle sphérique, et bloquez avec un second nœud. Terminez par un nœud à l'extrémité.

Collier de perles sur ficelle

En sautoir ou ras du cou, avec des perles de couleurs et de matériaux divers, les colliers montés sur ficelle offrent le complément idéal des tenues estivales. Ce modèle se compose de plusieurs longueurs de ficelle naturelle, que l'on tresse de manière à répartir les perles sans les bloquer.

Matériel
- 7 longueurs de ficelle naturelle de 120 cm
- 20 perles sphériques nacrées
- 20 perles de verre dites « perles d'eau douce »
- Ruban de masquage
- Ciseaux

1 Pliez en deux six longueurs de ficelle, et formez une boucle. Nouez le 7e fil autour des brins, pour fixer la boucle, et utilisez l'extrémité libre pour consolider la boucle en exécutant un point de bourdon autour des six autres fils. Pour ce faire, glissez l'extrémité du 7e fil dans la boucle et tirez vers l'extérieur, avant de revenir dans la boucle. Tendez le fil sans trop serrer. Fermez par un nœud.

2 Enfilez une perle sur huit des brins de ficelle. Faites glisser les perles jusqu'à la boucle. Il doit rester quatre brins de ficelle sans perles.

3 Posez un petit morceau de ruban de masquage sous le faisceau de fils que vous venez de garnir de perles. Enfilez une perle sur huit brins de ficelle, en faisant en sorte de garnir les brins encore dénués de perles. Continuez ainsi en isolant les groupes de perles avec un petit morceau de ruban de masquage (voir photo) et en alternant les brins de manière à les garnir tour à tour de perles.

4 Retirez les morceaux de ruban de masquage un par un, en nouant tous les fils à chaque fois. Vous devez obtenir cinq nœuds en tout et disposer d'extrémités libres de 10 cm de longueur. Pour terminer, enfilez une grosse perle et bloquez-la avec un gros nœud qui viendra se loger dans la boucle festonnée.

Pochette à bijoux

Voici un accessoire utile pour transporter bijoux et parures sans les abîmer, tout en disposant d'un joli support pour les admirer à loisir. La rugosité de cette pochette en jute ou en lin mettra en valeur les reflets des perles. La fermeture, une bande de peau ornée de strass, lui confère encore plus de raffinement.

Matériel
• Coupon de jute et coton mélangé ou de lin naturel • 310 cm de biais couleur cognac • Fil de couleur cognac • 70 cm de lanière de cuir carrée de couleur naturelle • Aiguille et fil de coton perlé coordonné au tissu • Ciseaux et ciseaux crantés • Bande de cuir souple brun de 90 x 10 cm • Chute de peau de chamois beige • 2 petits morceaux de strass à coller • Colle universelle • Machine à coudre

1 Découpez un rectangle de tissu de 86 x 68 cm. Posez le biais, pour finir les bords, et piquez à la machine.

2 Étalez le tissu à plat, envers dessus. Posez la lanière de cuir parallèlement à l'un des grands côtés, à 18 cm du bord supérieur du tissu. Fixez-la en exécutant de petits points tous les 5 cm avec le coton perlé. Entre les points, vous accrocherez les colliers et les bracelets à la lanière de cuir.

3 Pour la fermeture de la pochette : avec les ciseaux crantés, découpez la bande de cuir aux dimensions voulues, et la peau de chamois en forme de cœur.

4 Collez le cœur à 30 cm d'une extrémité de la bande de cuir. Appliquez les deux morceaux de strass avec un seul point de colle, de manière qu'ils restent mobiles. Pour fermer la pochette, rabattez le bas du tissu sur les bijoux ; ramenez les côtés vers le milieu, de façon à former un rectangle vertical. Enroulez la bande de cuir et faites un nœud souple du côté droit.

... AVEC DU PLASTIQUE FOU

Né avec la dernière génération des laminés, le plastique fou est un matériau facile et amusant à travailler. Sa principale caractéristique est de rétrécir sous l'action de la chaleur. On commence donc généralement par orner la surface d'un motif, avant de le passer sous un séchoir thermique (ou un sèche-cheveux), afin de rétrécir la pièce en plastique tout en miniaturisant le motif.
La miniaturisation correspond approximativement à une réduction de moitié par rapport au motif initial, et le processus précise les détails et intensifie les couleurs. Le plus simple consiste à travailler avec des tampons prêts à l'emploi, que l'on imbibe d'encres de couleurs sur un tapis encreur ou au pinceau. On peut alors décliner les déformations de multiples manières, en conservant un motif plat ou en manipulant le plastique pour lui donner une forme plus originale. Et pour parachever la création, il suffit de puiser dans les nombreuses peintures et produits de finition, afin de donner au plastique l'aspect de n'importe quel autre matériau, verre, métal repoussé, voire bois veiné.

Pendentifs cristallins

Malgré sa simplicité, ce modèle affiche une grande élégance, grâce à son motif doré sur une base translucide. La parure se compose de deux pendentifs, d'un bracelet et d'une paire de boucles d'oreilles. Un conseil : commencez par les boucles d'oreilles, afin de vous entraîner à la technique. Il suffit d'utiliser les fournitures indiquées et de suivre les instructions pas à pas.

Matériel

Pour les boucles d'oreilles

• Feuille de plastique fou transparent • 2 tapis encreurs de couleur métallisée : or et terre brûlée
• Tampon à motif aztèque • Poudre à embosser or • Ciseaux • Sèche-cheveux • Perforatrice
• 2 montures de boucles d'oreilles à crochet dorées • 2 anneaux mailles dorés • Pince ronde

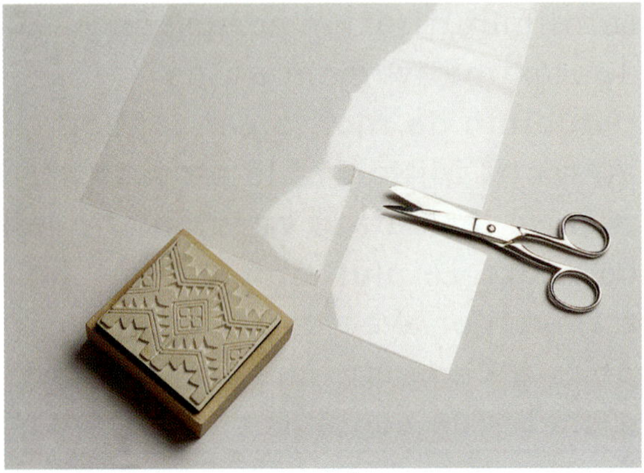

1 Coupez un carré de plastique deux fois plus grand que le pendentif final. Ici, nous avons utilisé le tampon comme gabarit, car les dimensions étaient idéales.

2 Avec la perforatrice, percez un trou dans un coin du carré de plastique. Encrez le tampon à moitié dans l'encre terre brûlée et à moitié dans l'encre dorée. Appliquez l'empreinte aztèque au centre du carré de plastique.

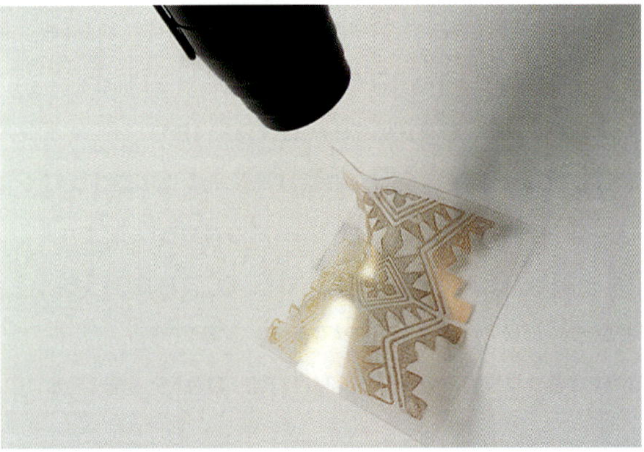

3 Passez le sèche-cheveux sur le carré de plastique : la chaleur va fixer les couleurs, tout en rétrécissant et en amincissant le plastique. Par ailleurs, elle risque aussi de le déformer, mais il redeviendra plat par la suite. Dans le cas contraire, lissez-le très légèrement sur l'envers avant qu'il refroidisse.

4 Pour la bordure dorée : posez délicatement les quatre côtés du carré sur le tapis encreur doré. Passez-les ensuite dans la poudre à embosser, et fixez le tout à l'aide du sèche-cheveux. En gonflant, la poudre va se fixer et peaufiner le travail. Confectionnez les boucles avec les anneaux dorés et les montures.

ART PRIMITIF

Cette parure est inspirée d'ornements décoratifs des premières civilisations de l'humanité. Simple et facile à réaliser, elle est du plus bel effet, grâce au motif choisi et à la palette de couleurs métallisées employées.

Matériel

Pour les boucles d'oreilles

- Feuille de plastique fou noir
- Tampon à motif de poisson stylisé
- Tampon à motif de galets
- 3 tapis encreurs de couleur métallisée : or, brun et bleu
- Cale abrasive à grain fin
- Sèche-cheveux
- 2 anneaux dorés
- 2 clips pour boucles d'oreilles dorés
- Colle universelle
- Perforatrice
- Ciseaux
- Pince de bijoutier

1 Dans la feuille de plastique, découpez deux disques de 6 cm de diamètre pour les pendentifs à poisson, et deux ovales de 3 cm de longueur pour les pendentifs à galets. Avec la perforatrice, percez un trou dans chaque disque et dans chaque ovale, pour insérer les anneaux de raccord. Polissez les quatre pièces en plastique fou avec la cale abrasive, pour les opacifier.

2 En procédant pièce par pièce, chauffez chaque forme en plastique au sèche-cheveux, et imprimez immédiatement le motif : le poisson pour les disques, les galets pour les ovales. Laissez refroidir.

3 Appliquez les trois tapis encreurs sur les pendentifs à poisson, de manière à créer des fondus discrets. Colorez de la même manière les pendentifs à galets avec le tapis encreur bleu.
Reliez les deux parties de chaque boucle d'oreille avec un anneau doré. Fixez les clips d'oreilles sur l'envers avec un point de colle.

Effet de métal gravé

Très polyvalent et très amusant à travailler, le plastique fou donne envie de se lancer dans toutes sortes d'expériences, et les résultats sont souvent étonnants. Pour ces pendentifs, on a réalisé des pièces distinctes, que l'on a superposées et collées ensemble pour n'en faire qu'une seule.

Matériel
- Feuille de plastique fou noir
- Tampon aux épis de blé
- 2 tapis encreurs de couleurs métallisées : or et brun
- Poudre à embosser or
- Cale abrasive fine • Ciseaux
- Sèche-cheveux • Perforatrice
- Lanière de cuir • Perle de verre pour la fermeture
- Anneau • Colle universelle

1 Dans la feuille de plastique, découpez un rectangle de 10 x 8 cm et un rectangle de 10 x 16 cm. Avec la cale abrasive, poncez le plastique en diagonale, dans un sens puis dans l'autre. Cette opération permet d'obtenir une surface plus opaque qui, une fois colorée, aura un éclat métallique du plus bel effet.

2 Chauffez le petit rectangle au sèche-cheveux. Lorsqu'il devient plat, imprimez immédiatement les épis de blé. Laissez refroidir. Appuyez le tapis encreur brun et laissez sécher.

3 Avec la perforatrice, percez un coin du grand rectangle, afin de pouvoir accrocher le pendentif. Appuyez le tapis encreur brun sur le grand rectangle, et chauffez jusqu'à ce que la forme rétrécisse. Relevez rapidement les angles, avant de laisser refroidir. Posez un point de colle sur l'envers du petit rectangle aux épis de blé, et fixez celui-ci au centre du grand rectangle à l'aide d'un point de colle. Pour terminer, passez les angles relevés sur le tapis encreur de couleur or, puis dans la poudre à embosser. Fixez au sèche-cheveux, pour faire gonfler la bordure dorée. Il ne vous reste plus qu'à enfiler la lanière de cuir et à monter la perle et l'anneau de fermeture.

Contraste de textures

C'est l'association de matières brutes et de finitions précieuses qui confère son originalité à ce bijou. Vous réaliserez la base de cette insolite breloque avec des chutes de plastique fou, avant de l'agrémenter de fils de cuivre et de perles en cristal et en verre poli, pour créer un contraste de textures spectaculaire.

Matériel
• Feuille de plastique fou noir • Tapis encreur brun métallisé • Cale abrasive à grain fin • Ciseaux et ciseaux crantés • Coupelle • Sèche-cheveux • Fil de cuivre • Perles de couleurs et de dimensions au choix • Cordonnet de cuir • Anneaux • Fermoir à mousqueton • Pince ronde

1 Poncez délicatement la feuille de plastique avec la cale abrasive pour matifier la surface. Passez le tapis encreur dessus. Découpez de fines bandelettes dans la feuille de plastique fou colorée, soit avec des ciseaux, soit avec des ciseaux crantés. Découpez également quelques petits carrés à main levée (ils peuvent être irréguliers).

2 Placez les bandelettes et les carrés de plastique dans la coupelle et chauffez au sèche-cheveux, pour obtenir une boule informe. Arrêtez de chauffer lorsque la masse a atteint les dimensions voulues pour le pendentif.
Si le résultat ne vous satisfait pas, ajoutez d'autres bandes de plastique, qui, sous l'effet de la chaleur, s'entortilleront autour de la masse initiale.

3 Laissez refroidir. Complétez le bijou en ajoutant des perles de couleur que vous fixerez au support en plastique en passant le fil de cuivre entre les jours laissés par la déformation du plastique.
Enroulez le fil de cuivre autour d'un anneau, et glissez le cordonnet de cuir dans l'anneau. Montez le fermoir (embout et fermoir à mousqueton, par exemple).

INSPIRATION AFRICAINE

Ces pendentifs sont une interprétation très libre des arts traditionnels de l'Afrique. La composition miniaturisée est extrêmement détaillée, et les contours irréguliers de la feuille de plastique fou découpée aux ciseaux crantés assurent à ce modèle un style artisanal très évocateur.

Matériel
• Feuille de plastique fou noir
• Tampon à salamandre • Tapis encreur brun métallisé • Cale abrasive à grain fin • Ciseaux crantés • Feuille de métal de couleur cuivre • Perforatrice
• Fil de cuivre • Perles en verre de dimensions assorties • Émulsion pour apprêt (impression) • Patine couleur cuivre • Patine oxydante bleu
• Pinceau plat • Colle universelle
• Pince ronde

1 Afin d'obtenir des contours irréguliers, découpez la feuille de plastique aux ciseaux crantés, en prévoyant un rectangle environ deux fois plus grand que le modèle final orné de la salamandre. Poncez une face avec la cale abrasive.

2 Faites chauffer le rectangle de plastique avec le sèche-cheveux jusqu'à ce qu'il rétrécisse et s'aplatisse. Imprimez immédiatement la salamandre. Appuyez le tapis encreur sur le motif et laissez refroidir. La teinte métallique confère au pendentif un effet délicatement marbré du plus bel effet.

3 Pour le support du rectangle décoratif à la salamandre : coupez deux rectangles, l'un plus grand que l'autre, dans la feuille de métal. Superposez-les envers contre envers. Rabattez les bords du grand rectangle sur le petit. Retournez le tout et serrez au niveau du milieu, pour froncer les deux épaisseurs. Avec la perforatrice, percez un trou sur l'une des largeurs, afin de prévoir le passage du lacet ou du cordonnet.

4 Pour patiner le bijou : au pinceau, appliquez une couche d'apprêt. Laissez sécher au moins 2 heures. Appliquez deux couches de patine cuivre puis, aussitôt, une couche de patine bleue. Au bout de quelques minutes, le métal va s'oxyder et prendre la couleur caractéristique du cuivre vieilli. Collez le motif de la salamandre. Pour terminer, montez quelques perles en verre avec du fil de cuivre.

... AVEC DE LA PÂTE D'ARGENT

Si vous pensez que la création de bijoux en argent est réservée aux orfèvres, détrompez-vous. La pâte d'argent permet, en effet, de réaliser soi-même toutes sortes de bijoux en argent. Il s'agit d'un mélange de microparticules de métal et d'une base organique qui donnent une pâte à la consistance proche de celle de l'argile et qui se manipule tout aussi facilement. Une fois le bijou façonné, on le passe dans un four à haute température (environ 800 °C pendant 30 minutes), ce qui permet aux liants de brûler et aux particules de métal de fusionner. On obtient alors un article à forte proportion d'argent fin (titre 999). L'idéal, pour atteindre la température nécessaire, est d'utiliser un four de potier. Après cuisson, on polit la pièce avec une brosse en fer, du papier de verre ou un brunissoir, en fonction de l'effet souhaité.La pâte d'argent existe en pain, en crème, en feuille, et en liquide épais à travailler à la seringue, autant de présentations qui se prêtent à de nombreux effets. Elle est toutefois d'un coût assez élevé. Attention : il faut prévoir un rétrécissement de la pâte de l'ordre de 30 %.

Feuilles en breloques

Quelques touches de pâte d'argent suffisent à transformer une feuille dérobée au vent en souvenir précieux d'une mémorable journée. En durcissant, la pâte d'argent donne à la feuille la rigidité nécessaire pour en faire un pendentif solide et raffiné.

Matériel

Pour le pendentif

- Pâte d'argent en crème
- Feuille au choix
- Coupelle en plastique • Pinceau
- Bloc de caoutchouc • Four de potier
- Petite brosse en acier • Lime
- Perceuse à métaux et mèche fine
- Séchoir thermique ou sèche-cheveux • Grille métallique • Brunissoir fin pour lustrer l'argent
- Cordonnet de cuir
- Anneau
- Pince plate

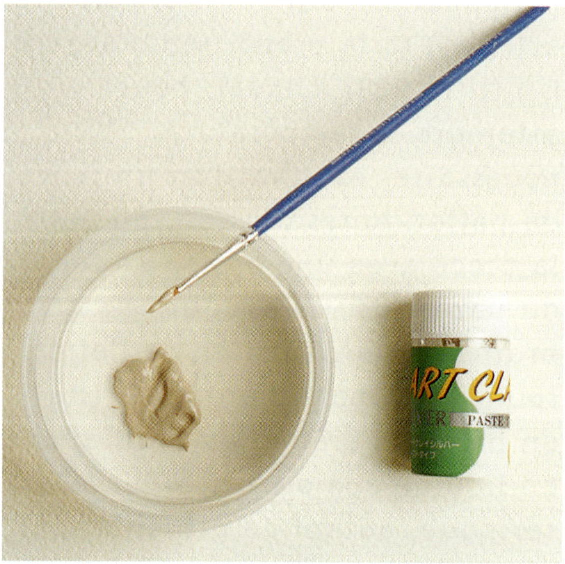

1 Versez un peu de pâte dans la coupelle en plastique et diluez-la avec de l'eau, en travaillant au pinceau – comptez deux volumes de pâte pour un volume d'eau. Mélangez jusqu'à obtention d'une pâte fluide et homogène.

2 Au pinceau, appliquez la crème d'argent sur l'envers de la feuille, en recouvrant bien toute la surface. Évitez de peindre la tige (vous la supprimerez par la suite, mais elle vous servira d'abord à tenir la feuille). La couche d'argent doit être fine et très régulière.

3 Posez délicatement la feuille sur la grille métallique et, au sèche-cheveux, séchez à l'air chaud. Appliquez une seconde couche de crème d'argent fluide. Faites sécher. Continuez à alterner l'application de crème d'argent et le séchage jusqu'à obtenir huit couches, soit une épaisseur d'argent de 1 mm. Placez ensuite la feuille d'argent sur la tôle de cuisson du four de potier. Faites cuire 20 minutes à 800 °C.

4 Sortez la feuille du four et laissez refroidir. Avec la lime, supprimez éventuellement les aspérités et les irrégularités. Brossez la feuille avec la brosse en acier, pour retirer la couche de poudre opaque. Pour plus de facilité, placez la feuille sur un bloc de gomme.

5 Recueillez la poudre dans un petit récipient : il suffira de la diluer dans de l'eau pour obtenir de la crème d'argent que vous utiliserez comme si elle était neuve. Lustrez la surface de la feuille au brunissoir, en marquant soigneusement les nervures.

6 Avec la perceuse, percez un trou fin dans le bas de la feuille. Glissez un anneau assez fin pour accrocher le pendentif au cordonnet en cuir.

7 La sobriété du cordonnet de cuir lissé met parfaitement en valeur la simplicité naturelle de la feuille.

8 Avec le temps, l'argent a tendance à s'oxyder et à ternir. Pour retrouver le lustre initial, passez à la surface de la feuille un coton imbibé de produit pour faire briller l'argenterie (en vente chez les droguistes et certains supermarchés).

Bagues à volonté

Petits chefs-d'œuvre d'art contemporain, les anneaux présentés ici sont si spectaculaires qu'il est difficile de croire qu'un peu d'entraînement suffit pour les réaliser soi-même. Pour commencer, essayez de créer les formes avec de la pâte à modeler ordinaire... Vous deviendrez rapidement aussi doué qu'un véritable orfèvre.

Matériel
- Pâte d'argent en pain
- Pâte d'argent en crème
- Languettes de papier repositionnable (Post-it®)
- Triboulet gradué
- Triboulet en bois
- Bague de référence (pour les dimensions)
- Cutter
- Tablette en plastique
- Papier sulfurisé
- Rouleau
- Tôle de cuisson
- Séchoir thermique
- Four de potier
- Brosse souple en acier
- Fibres de céramique
- Brunissoir fin

1 Enfilez la bague de référence sur le triboulet gradué, et prévoyez trois tailles en plus pour pallier le rétrécissement de la pâte. Collez une languette de papier pour repérer cette dimension majorée, en orientant le côté gommé vers l'extérieur, comme pour fabriquer une petite bague de papier mobile.

2 Étalez une feuille de papier sulfurisé sur la tablette en plastique. Sur ce plan de travail, roulez une noix de pâte d'argent en boudin assez fin. Aplatissez le boudin au rouleau.

3 Retirez l'anneau de papier du triboulet gradué et enfilez-le sur le triboulet en bois – moins précieux et plus adapté aux opérations suivantes. Vous pouvez aussi travailler avec un seul triboulet en plastique gradué (en vente dans les boutiques de loisirs créatifs). Entourez l'anneau de papier avec le boudin de pâte d'argent. Soudez le joint avec une goutte d'argent en crème.

4 Au cutter, découpez les motifs à évider dans la bague posée sur le triboulet. Retirez la bague du triboulet et rectifiez les formes évidées au cutter.

5 Laissez sécher la bague pendant un à deux jours ou faites-la sécher délicatement à l'air chaud. Posez la bague sur la tôle de cuisson. Garnissez la cavité de la bague de fibres de céramique pour éviter les déformations en cours de cuisson. Faites cuire à 800 °C pendant 30 minutes. Laissez refroidir. Brossez la bague à la brosse souple, et lustrez au brunissoir fin dans les creux.

Inspiration arabe

Lettres, calligraphie, monogrammes... Ce sont les symboles arabes qui ont inspiré la création de ces pendentifs à coordonner avec des bagues. Pour réaliser ces dernières, reportez-vous aux indications du projet précédent en les adaptant au motif de votre choix.

Matériel

Pour le médaillon en forme de goutte

- Pâte d'argent
- Pâte d'argent en crème
- Petit rouleau
- Pâte d'argent liquide avec seringue à buse moyenne à petite
- Tablette de plastique
- Papier sulfurisé
- Séchoir thermique
- Grille métallique
- Four de potier
- Brosse souple en acier
- 1 cuillerée à soupe de soufre liquide
- Coupelle en verre
- Brunissoir fin
- Cordonnet de cuir

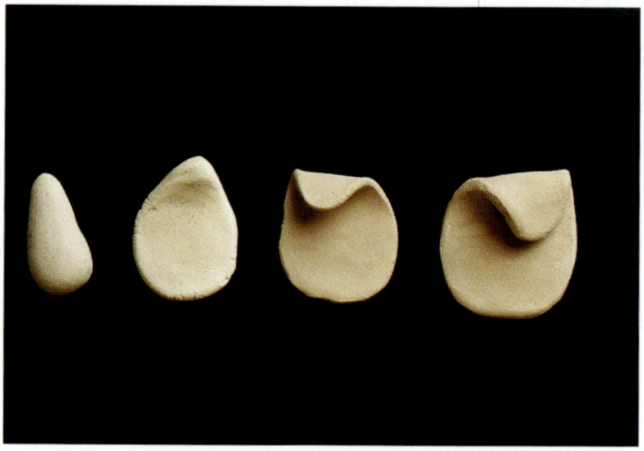

1 Avec la pâte d'argent, modelez un ovale en forme de goutte. Étalez la goutte avec le pouce, puis, avec le petit rouleau, lissez la forme. Rabattez l'extrémité pointue vers l'avant, et fixez-la sur la forme avec une goutte d'argent en crème.

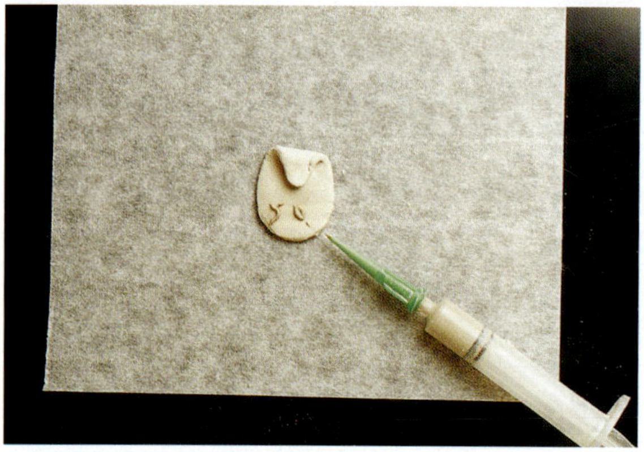

2 Sélectionnez les motifs (lettres, symboles, etc.) dont vous voulez orner le pendentif, puis dessinez-les sur la base à l'aide de la seringue d'argent liquide. Posez l'ensemble sur la grille métallique et faites sécher à l'air chaud. Faites cuire au four à 800 °C pendant 30 minutes. Laissez refroidir et brossez avec la brosse souple, pour retirer les résidus de poudre d'argent.

3 Préparez la patine : versez quelques gouttes de soufre dans une coupelle d'eau bouillante. Immergez le pendentif dans la solution jusqu'à ce qu'il ait la nuance voulue. Séchez le pendentif et, avec le brunissoir fin, lustrez les reliefs pour les faire ressortir sur le fond plus mat du bijou. Enfilez le cordonnet de cuir dans l'anneau formé par le rabat.

Coquillages marins

Parfait sur un collier ou un bracelet mais aussi pour décorer une paire de sandales d'été, ce bijou réalisé avec de la pâte d'argent emprunte sa forme à un véritable coquillage marin.

Matériel

Pour le pendentif à coquillage unique

• Pâte d'argent • Pâte silicone à deux composants et à prise rapide • Verre en plastique • 1 coquillage • Sèche-cheveux ou séchoir thermique (facultatif) • Fibres de céramique • Brosse souple en acier • Brunissoir fin • Perceuse pour métaux et mèche fine • 2 anneaux en argent • 1 maille forçat en argent • Cordonnet de cuir • Cutter • Pince

1 Versez un peu de pâte silicone dans le verre en plastique. Ajoutez le catalyseur dans les proportions indiquées par le fabricant et mélangez avec soin, sans former de bulles d'air. Posez le coquillage, à l'envers, sur le mélange et exercez une légère pression, pour l'enfoncer suffisamment. Laissez durcir complètement la pâte – comptez 1 heure environ. Démoulez délicatement le coquillage. Retirez le moulage du verre en plastique.

2 Prélevez une boulette de pâte d'argent et étirez-la entre les mains, pour l'abaisser jusqu'à 2 mm d'épaisseur. Posez la pâte d'argent dans le moule de résine et, en partant du centre, lissez-la vers les bords, pour bien garnir le moule. Au cutter, coupez l'excédent de pâte d'argent au ras des bords du moule.

3 Démoulez délicatement la pâte d'argent. Laissez sécher une nuit (ou utilisez un séchoir thermique). Garnissez la cavité du moulage de fibres de céramique pour éviter les déformations en cours de cuisson. Faites cuire à 800 °C pendant 30 minutes. Laissez refroidir le coquillage en argent. Brossez-le avec la brosse souple pour retirer le revêtement poudreux.

4 Avec la perceuse munie d'une mèche fine, pratiquez un petit trou au sommet du coquillage. Enfilez les anneaux et la maille en argent. Insérez le cordonnet pour suspendre le bijou.

SIMPLICITÉ RAFFINÉE

Il suffit de trois boulettes de pâte d'argent pour réaliser cette bague et ce pendentif ravissants. Le motif, d'une grande simplicité, est une croix stylisée aux branches arrondies.

Matériel

Pour la bague et le pendentif

• Pâte d'argent pour sculpter trois boulettes : deux pour les croix et une pour l'anneau de la bague • Argent en crème • Pinceau • Paille en plastique • Cutter • Triboulet en bois • Bague de référence (pour les dimensions) • Languette de papier (Post-it®) • Brosse souple en acier • Lime fine • Séchoir thermique • Grille métallique • Four de potier • Brunissoir fin • Double cordonnet de cuir

1 Réalisez une croix arrondie pour la bague, en quatre étapes (voir photo) : formez une boulette de pâte d'argent. Abaissez-la en un disque de 5 mm d'épaisseur. Au cutter, incisez la pâte pour dégager la croix. Arrondissez les angles et écartez l'excédent de pâte (vous pouvez conserver celle-ci pour un autre usage).

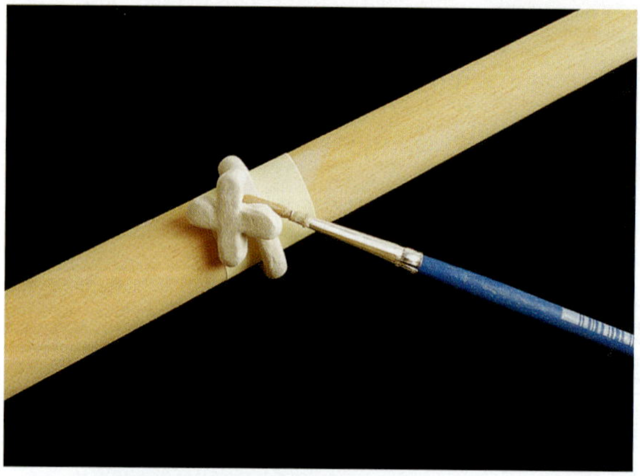

2 Formez une seconde boulette de pâte d'argent pour la bague et façonnez-la en un petit boudin. Posez la languette de papier sur le triboulet en bois à l'emplacement voulu (voir page 84). Enroulez le boudin de pâte autour. Soudez la croix sur l'anneau avec une goutte de crème d'argent, que vous appliquerez au pinceau. Dégagez l'anneau du triboulet. Séchez au séchoir thermique. Garnissez la cavité de la bague de fibres de céramique pour éviter les déformations en cours de cuisson. Faites cuire à 800 °C pendant 30 minutes.

3 Formez une boulette de pâte d'argent pour le pendentif et façonnez une croix en procédant comme à l'étape 1. Avec la paille, percez un trou sur l'une des branches pour laisser passer le double cordonnet de cuir. Laissez sécher. Poncez les aspérités et les irrégularités avec la lime (recueillez la poudre : il vous suffira de la diluer avec de l'eau pour l'utiliser à nouveau). Faites cuire à 800 °C pendant 30 minutes. Laissez refroidir. Brossez avec la brosse souple et lustrez avec le brunissoir. Enfilez le double cordonnet, et faites une boucle pour bloquer le pendentif.

... AVEC DES PÂTES ET DES RÉSINES

La réalisation de bijoux est d'autant plus créative que l'on fabrique soi-même toutes les pièces qui composent les parures. Pour les projets de ce chapitre, vous ne vous contenterez pas d'associer des ornements, des supports ou des apprêts achetés dans le commerce : il s'agit de détourner certains matériaux de leur destination première pour confectionner des perles, des fermoirs et tous les éléments décoratifs nécessaires. Ainsi, la résine transparente permet d'emprisonner n'importe quel élément de petite taille, qui adopte alors une beauté éternelle. De même, il suffit d'enrichir les pâtes à modeler, à froid ou à chaud, de poivre en grains, par exemple, pour créer des galets très réalistes. Quant aux couleurs repositionnables pour la peinture sur verre, on peut les utiliser pour créer de ravissants bijoux qui évoquent la nacre. Enfin, les pigments conçus pour les effets marbrés présentent la particularité de rester en suspension dans l'eau et adhèrent à la surface des éléments que l'on y immerge, auxquels ils confèrent l'apparence des matériaux les plus précieux.

EFFET DE RÉSILLE

La résine transparente met en valeur tout le charme de ce précieux pendentif, composé de morceaux de feuille d'or sur une trame de tulle aérienne.

Matériel

Pour le pendentif

- Morceau de tulle doré
- Ciseaux
- Résine transparente à deux composants
- Gobelet en plastique
- Pique en bois
- Moule plat en forme de feuille (ici, on a utilisé un moule pour céramique à froid)
- Vaseline
- Perceuse et mèche ultrafine
- Anneau en acier
- Ruban tubulaire de résille dorée
- Fermoir à mousqueton
- Perles de serrage
- 2 perles cache-nœuds
- Pince

1 Versez 1 cuillerée à soupe bombée de résine dans le gobelet. Ajoutez le durcisseur, en suivant les indications du fabricant pour les proportions. Avec la pique en bois, mélangez longuement la solution, en remuant délicatement pour éviter la formation de bulles d'air.

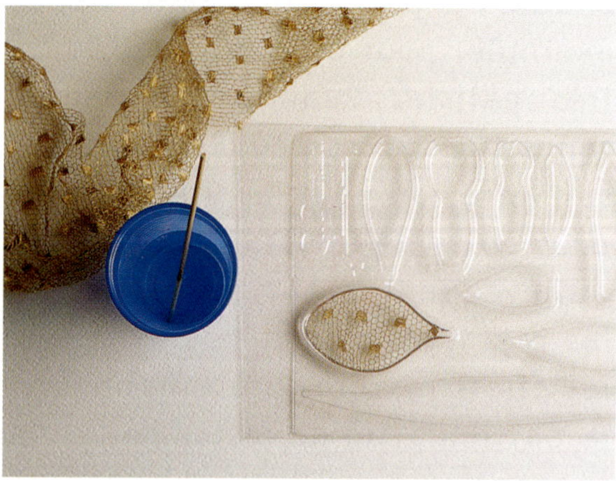

2 Appliquez quelques gouttes de vaseline sur le moule pour faciliter le démoulage. Découpez le tulle doré en forme de feuille (utilisez le moule comme un gabarit). Les bords du tulle ne doivent pas dépasser du moule. Versez une couche de résine et recouvrez entièrement le tulle.

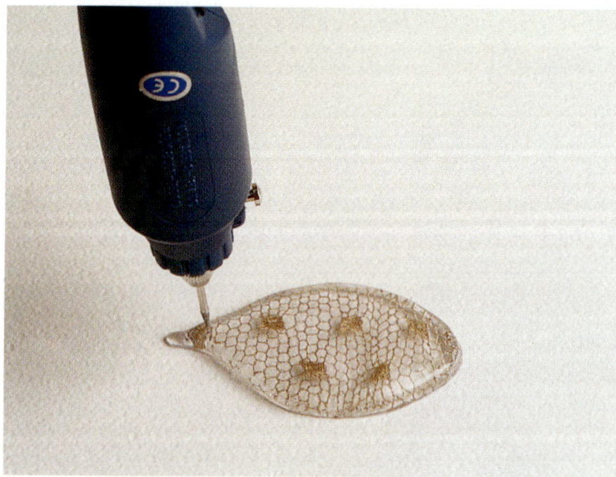

3 Laissez prendre la résine (comptez de 6 à 24 heures, selon la marque). Démoulez la feuille en résine. Avec la perceuse, percez un trou fin au sommet de la feuille. Passez l'anneau dans le trou. Glissez le ruban tubulaire dans l'anneau, puis montez le fermoir à l'aide des cache-nœuds et des perles de serrage.

DENTELLE CHIC

Article raffiné du trousseau de nos grands-mères, la dentelle noire a été revisitée et transformée en bijou pour évoquer le mystère et la séduction des belles dames d'antan.

Matériel

Pour le pendentif

- Dentelle noire
- Résine transparente à deux composants
- Pâte de silicone à deux composants
- 2 gobelets en plastique
- Pique en bois
- Papier cartonné rigide
- Ciseaux
- Anneaux en argent
- Pince
- Cordonnet noir en caoutchouc
- Grosse aiguille à coudre
- 1 perle en cristal Swarovski

1 Dans la dentelle, découpez la partie qui conviendra le mieux pour votre pendentif. Placez cette forme sur le papier cartonné fort, et découpez ce gabarit. Fabriquez le moule : à l'aide de la pique en bois, mélangez rapidement les deux composants de la pâte de silicone dans un gobelet. Étalez la boule obtenue sur le plan de travail et aplatissez-la légèrement. Posez dessus le gabarit en papier cartonné et appuyez fermement, pour former une cavité de la même forme. Laissez durcir selon les indications du fabricant. Placez le morceau de dentelle dans le moule en silicone.

2 Dans le second gobelet en plastique, mélangez la résine et le durcisseur dans les proportions indiquées par le fabricant. Remuez délicatement la solution, pour éviter la formation de bulles d'air. Versez la résine dans le moule en silicone, sur la dentelle.

3 Laissez reposer pendant 8 heures : la résine commence à prendre, mais elle est encore assez souple. Avec l'aiguille, percez un trou dans la partie supérieure du pendentif.

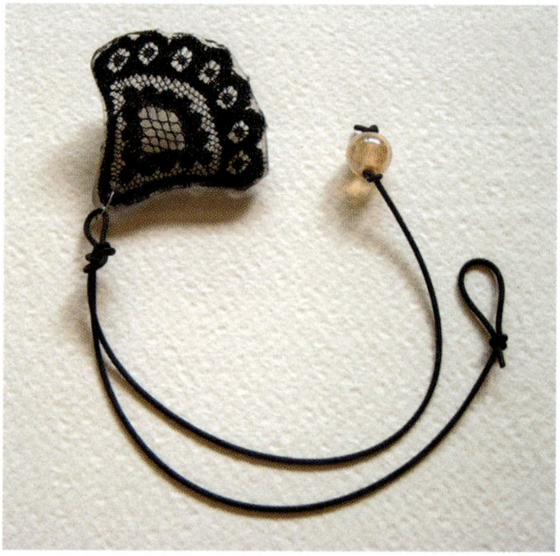

4 Laissez durcir complètement avant de démouler le bijou. Glissez le cordonnet dans le trou et faites une boucle. Confectionnez le fermoir en formant une boucle à une extrémité et en plaçant la perle Swarovski à l'autre.

TRANSPARENCE ET COULEURS

Parfait en centre de table, mais aussi pour égayer un dîner à l'extérieur par une tiède soirée d'été, ce photophore adoucit la lueur des chandelles en prenant des allures de glaçon au parfum d'orange.

Matériel
- Résine transparente à deux composants
- Pâte de silicone à deux composants
- Récipient rectangulaire jetable
- Papier cartonné rigide de 10 x 6 cm
- Perles en plastique orange
- Gobelet en plastique
- Pique en bois
- Fil métallique argenté
- Pince
- Perceuse et mèche fine
- Colle universelle

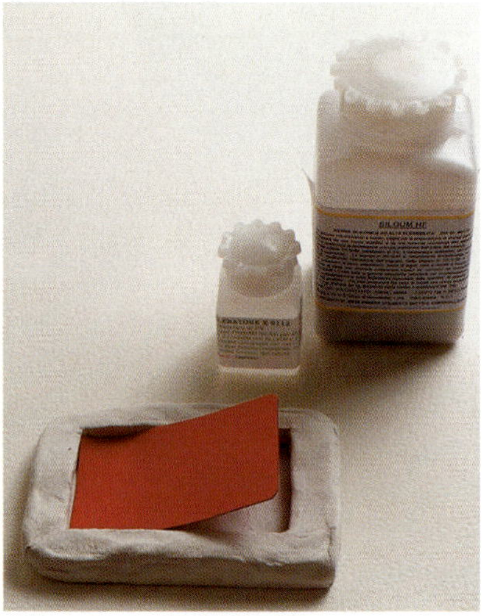

1 Mélangez rapidement les deux composants de la pâte de silicone dans le récipient jetable. Au centre, appuyez fermement le rectangle de papier cartonné, pour former un moule en forme de brique. Au bout de 1 à 2 heures, retirez le papier cartonné. Laissez durcir le moule.

2 Dans le gobelet, mélangez la résine et le durcisseur, en suivant les instructions du fabricant. Remuez délicatement avec la pique, en veillant à ne pas former de bulles d'air. Versez la résine dans le moule en une couche de 0,5 cm d'épaisseur.
Étalez quelques perles sur la couche de résine. Celle-ci est épaisse, mais encore assez souple pour absorber lentement les perles. Laissez reposer pendant 24 heures. Démoulez la plaque perlée. Fabriquez trois autres plaques perlées de la même manière.

3 Sur chacun des côtés de chaque plaque, percez deux trous. Confectionnez des mailles avec le fil métallique argenté. Glissez les mailles dans les trous, pour rapprocher les plaques et former ainsi le photophore.

GOUTTES DE NACRE

La peinture repositionnable pour verre existe en coloris à effet givré ou nacré qui permettent de créer des parures d'une exceptionnelle beauté. Pour les protéger, il suffit de les recouvrir d'une fine couche de vernis. Pendentif pour tour de cou, boucles d'oreilles ou ornement de bague, ce modèle est si facile à réaliser que vous aurez envie d'en composer toute une parure.

Matériel
• Peinture repositionnable pour verre à effet nacré • Feuille d'argent ou d'alliage • Cisailles (pour couper le métal) • 3 ou 4 petites perles rondes et en goutte d'eau • Perceuse et mèche ultrafine pour les métaux • Vernis transparent à l'eau • Pinceau

Pour le collier et/ou la bague
• Tour de cou en fil de fer ou fil métallique argenté de section assez grosse • Pince ronde (pour façonner le torque) • Support de bague • Colle pour métaux

1 Dans la feuille de métal, découpez un carré de 3 cm de côté, pour former le support de la composition nacrée.

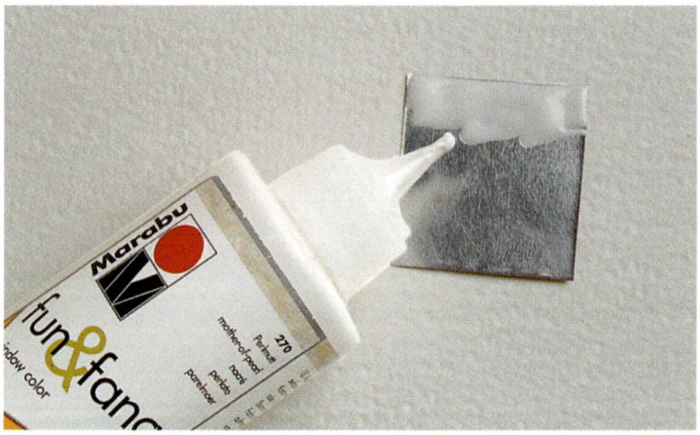

2 Avec le bec du flacon, étalez la peinture à effet nacré sur le carré de métal, en recouvrant toute la surface d'une couche très fine.

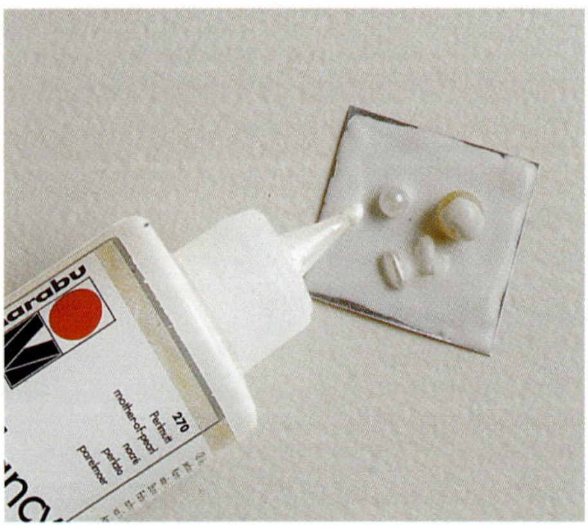

3 Sans laisser sécher, disposez les perles au centre du carré. Recouvrez d'une nouvelle couche de peinture, pour emprisonner les perles. Laissez sécher pendant 24 heures. Appliquez une couche de vernis transparent, au pinceau, pour protéger l'ornement.
Pour confectionner une bague, fixez l'élément nacré sur un support, à l'aide de colle pour métaux.
Pour un pendentif, percez un petit trou dans un angle du carré de métal, avec la perceuse. Glissez le tour de cou dans le trou. Si vous voulez réaliser la bague et le pendentif, il vous suffit de préparer un second ornement nacré de la même manière, en répétant les opérations ci-dessus.

Pour réaliser les feuilles concaves du collier : façonnez le fil métallique afin de lui donner la forme désirée. Posez-le sur une feuille d'acétate et remplissez l'espace ainsi délimité de peinture nacrée. En séchant, le pigment va s'accrocher au « moule » en fil métallique. Avec le pouce, exercez une légère pression dans la cavité obtenue, et répartissez les perles. Recouvrez d'une autre couche de peinture nacrée et terminez par une couche de vernis transparent à l'eau.

EFFET DE MOSAÏQUE

Ce modèle s'inspire aussi de la nacre et met en œuvre la technique de la mosaïque, dans une composition originale. Le procédé utilisé ici permet de confectionner de nombreux accessoires, tels que les colliers ou les broches, mais aussi les ceintures, dans un style contemporain très esthétique.

Matériel

Pour le collier

• Peinture repositionnable pour verre, de couleur nacrée et ocre jaune • Feuille d'acétate • Feuille d'argent ou d'alliage • Ciseaux • Cisailles • Pinceau • Pince ronde • Vernis à l'eau transparent satiné • Pinceau fin • Plâtre synthétique fin • Spatule • Chaînette argentée ou dorée, fermée, d'une circonférence de 200 cm

1 En travaillant directement avec le flacon de couleur nacrée sur la feuille d'acétate, dessinez un rectangle correspondant à la taille finale du bijou. Remplissez le rectangle d'une couche de couleur, en formant des spirales et des volutes afin d'introduire des jeux de lumière qui imiteront la nacre véritable.

2 À l'intérieur du rectangle, ajoutez du pigment ocre jaune en exécutant un geste circulaire pour dessiner un motif dans une partie du rectangle. Il s'agit d'immerger le bec du flacon de couleur dans la couche de couleur précédente pour créer un fondu.

3 Laissez sécher pendant 24 heures. Détachez le rectangle de la feuille. Découpez des bandes de 5 mm de large. Retaillez les bandes en petits rectangles plus ou moins réguliers, pour imiter les tesselles de la mosaïque.

4 Sur la feuille de métal, dessinez un rectangle de 5,5 x 7,5 cm ; ajoutez une marge de 2 cm sur tout le tour. Avec les cisailles, découpez la feuille en suivant le bord extérieur. Découpez aussi les quatre carrés aux angles.

5 En vous aidant du manche d'un pinceau ou d'un crayon, rabattez et roulez les bords de la feuille de métal de manière à délimiter le rectangle intérieur.

6 Remplissez le moule ainsi obtenu de plâtre synthétique. Lissez la pâte à la spatule, de manière à préparer une surface lisse sur laquelle disposer les « tesselles ».

7 Disposez les tesselles de mosaïque en alternant les nuances, pour obtenir un ensemble harmonieux.

8 Laissez sécher pendant 24 heures. Recouvrez la mosaïque d'une fine couche de vernis transparent satiné. Montez la chaînette de part et d'autre de la mosaïque, en la glissant sous le bord roulé de la feuille de métal. Bloquez la chaînette en serrant le rouleau à l'aide de la pince.

MARBRURES SABLE ET OR

Les couleurs qui imitent les veines du marbre permettent de réaliser de splendides effets simplement en trempant plusieurs fois un objet dans une solution. Pour mettre en valeur les arabesques dorées qui illuminent ce pendentif de couleur sombre, on a ajouté une sobre spirale de fil métallique et quelques perles jaune d'or.

Matériel
Pour le tour du cou
• Pâte modelable à froid • Peinture acrylique noire
• Pinceau fin • Pique en bois • Encres à marbrer en 2 coloris : or et sable • Grand récipient • 40 cm de cordon de caoutchouc noir • 50 cm de fil de cuivre fin • 30 cm de fil de cuivre moyen
• 100 cm de fil de cuivre de gros calibre
• 20 grosses perles de rocaille jaune d'or
• Grosse perle tubulaire en métal doré • Pinces
• 5 ou 6 perles de serrage dorées

1 Avec la pâte, façonnez une grosse perle ovale. Enfilez la pique dans la forme afin de permettre ensuite le passage du cordon de caoutchouc. Laissez sécher. Peignez le pendentif avec la peinture noire. Laissez sécher.

2 Glissez un morceau de fil métallique dans le trou, afin de maintenir le pendentif pendant le trempage. Remplissez le récipient d'eau jusqu'aux trois quarts ; versez quelques gouttes d'encre or et sable sur la surface de l'eau. Remuez délicatement avec la pique en bois, de manière à former en surface des volutes striées.

3 Immergez rapidement le pendentif, en le déplaçant très légèrement. Sortez-le aussitôt de l'eau. Laissez sécher.

4 Enfilez le cordon de caoutchouc dans le pendentif. Enfilez des perles de rocaille sur le gros fil de cuivre en double, et enfilez le pendentif. Avec le fil de cuivre fin, formez deux spirales avec lesquelles vous décorerez le cordon de caoutchouc de part et d'autre du pendentif. Pour terminer, enroulez autour du pendentif une spirale de fil de cuivre moyen agrémenté de quelques perles de rocaille, que vous bloquerez avec des perles de serrage. Dissimulez les extrémités de la spirale de fil dans le trou du pendentif. Confectionnez le fermoir avec une boucle de cordon de caoutchouc retenu par une dernière spirale de fil de cuivre fin, et montez la perle tubulaire en métal doré à l'autre extrémité.

IMITATIONS RÉALISTES

La pâte synthétique permet de confectionner des objets d'un réalisme parfois époustouflant, comme ces galets de rivière qui paraissent plus vrais que nature. Avec un peu de pratique, vous réussirez rapidement à modeler des formes plus élaborées, comme la rose montée sur filigrane ou la petite broche avec sa marguerite, réalisée pétale après pétale et colorée avec de la peinture acrylique.

Matériel
Pour le pendentif avec galet
• Pâte synthétique blanche
• Poivre noir et poivre vert en grains • Mortier et pilon
• Fil de fer de fleuriste
• Cisailles • Pince ronde
• 1 m de ficelle de couleur foncée • Grosse perle en verre

1 Dans le mortier, versez une poignée de poivre noir et une poignée de poivre vert. Pilez-les grossièrement.

2 Pour imiter la finition du galet, pétrissez une boulette de pâte synthétique, pour l'assouplir, et faites adhérer le poivre concassé à la surface. Si vous voulez imiter la finition d'un galet brisé, étalez la pâte sur le plan de travail avec la paume de la main. Versez une fine couche de poivre concassé. Roulez le disque de pâte. Pétrissez légèrement et retirez l'excédent de pâte à l'endroit où elle se détache le plus facilement, pour faire apparaître la découpe. Si le résultat ne vous convient pas, il suffit de recommencer.
Coupez des petits morceaux de fil de fer, et pliez-les pour façonner des épingles que vous glisserez dans le sommet des galets avant la cuisson.

3 Mettez les galets à cuire au four à 120 °C pendant 20 minutes (ou plongez-les 5 minutes dans de l'eau bouillante). Laissez refroidir. Pliez la ficelle en quatre. Enfilez une extrémité dans la boucle de fil de fer du galet. Exécutez plusieurs nœuds à intervalles réguliers sur la ficelle. Confectionnez le fermoir avec une boucle et la perle de verre.

... AVEC DU PAPIER ET DES GRAINES

Les matériaux simples, comme le papier ou les végétaux, permettent aussi de confectionner des bijoux dignes d'intérêt. Que votre source d'inspiration soit une idée, un style ou une forme, vous pourrez vous lancer ainsi dans la création de modèles uniques en leur genre. Le charme des parures en papier mâché repose notamment sur l'évocation d'œuvres primitives, aux formes stylisées et au grain texturé – comme le modèle d'inspiration inca, dont la forme originale rappelle les ornements de ce peuple. D'autres techniques, comme celle qui consiste à torsader le papier crépon, donnent des articles aux tonalités plus délicates, d'apparence fragile. Enfin, les modèles qui puisent plus directement leur inspiration dans la nature font appel aux graines provenant de la forêt vierge, dont les couleurs varient en fonction de la saison à laquelle elles sont récoltées.

Inspiration inca

Hormis les miroirs, que les Incas ne connaissaient pas, tous les détails de ce pendentif en papier mâché rappellent les parures de ce peuple glorieux de l'Antiquité. Couleurs, formes, textures et finitions... les bijoux ethniques sont une source inépuisable d'inspiration et vous donneront des idées que vous pourrez adapter à votre goût et à votre style. Pensez, par exemple, à consulter les ouvrages illustrés d'art et d'histoire.

Matériel
Pour le ras du cou
• Papier mâché • Pigment brun • 2 miroirs : un de 4 x 2 cm et un de 4,5 x 2 cm • Pierre d'obsidienne (ou une perle de verre en goutte de même couleur) • Pique en bois • 80 cm de cordonnet de coton brun ou de cuir • Fil de cuivre • Pince ronde

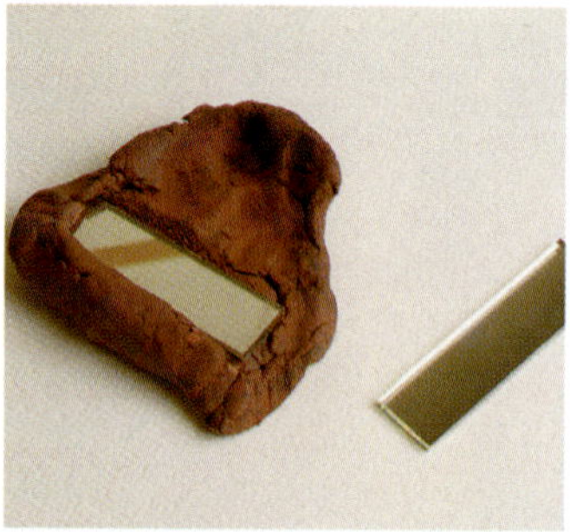

1 Préparez une pâte très fine avec du papier journal et de la colle. Ajoutez une petite quantité de pigment brun. Formez une boule de 8 cm de diamètre. Aplatissez la boule et posez les miroirs dessus. Appuyez pour les incruster dans la couche de pâte à papier.

2 En vous inspirant ou non de la photographie, façonnez la forme du pendentif. Insérez bien l'obsidienne et modelez la pâte pour obtenir les reliefs décoratifs. Pour accrocher le pendentif, façonnez un rouleau sur le bord supérieur. Dessinez des motifs décoratifs sur la pâte à papier humide, à l'aide de la pique en bois. Glissez la pique dans le rouleau supérieur, afin de former un trou régulier et assez large pour passer le cordonnet. Laissez sécher à température ambiante dans un lieu bien ventilé (comptez au moins 2 jours).

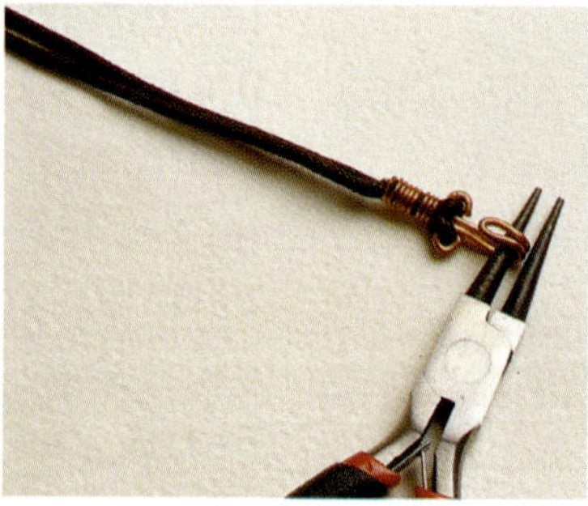

3 Pliez le cordonnet en deux. Enfilez le double cordonnet dans le trou du pendentif. Avec le fil de cuivre et la pince, confectionnez un crochet double à une extrémité du cordon.

4 Pour compléter le fermoir, formez une boucle de cordonnet fixée par une spirale de fil de cuivre à 2 cm de l'autre extrémité.

Arbre porte-bagues

Pour orner la commode ou la coiffeuse de votre chambre, vous réaliserez ce support original avec du papier mâché recouvrant une armature métallique. Le travail des patines de couleur lui confère un certain charme.

Matériel
• Un petit morceau de métal, de plastique ou autre matériau de récupération pour le socle
• 160 cm de fil de fer souple
• 2 bandes de grillage fin de 60 x 5 cm • Cisailles • Papier journal • Récipient assez profond
• Colle blanche • Peinture acrylique blanche • Peinture émail à l'eau brun foncé • Patine couleur or
• Patine oxydante verte • Feuille de Nylon • Brosse souple
• Pince ronde • Colle universelle

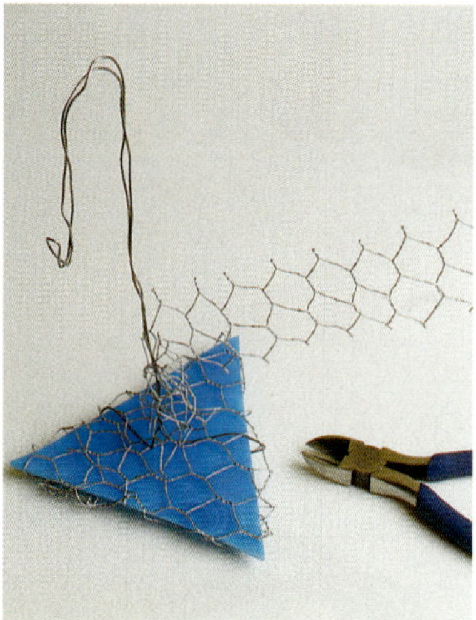

1 Recouvrez le socle de grillage. Coupez 60 cm de fil de fer, que vous réserverez pour les branches de l'arbre. Pour le tronc, pliez le reste du fil en deux. Tordez-le légèrement sur lui-même, sans serrer. Fixez le tronc au support, en le maintenant avec le grillage. Avec la pince, pliez l'extrémité du fil, pour former un crochet. Avec la seconde bande de grillage, entourez le tronc jusqu'au sommet pour lui donner du volume.

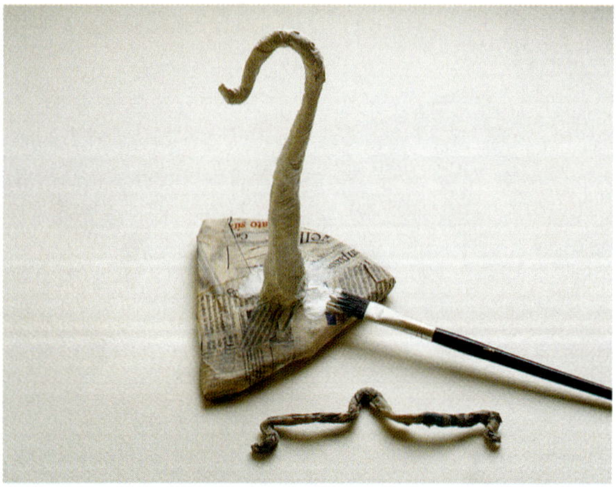

2 Pliez le fil de fer destiné aux branches en trois. Tordez-le sans trop en déformer l'horizontale et donnez-lui la forme d'un cintre, terminé par des bras en crochet. Dans le récipient, diluez un volume de colle blanche dans deux volumes d'eau. Déchirez le papier journal en très petits morceaux, trempez-les dans la colle diluée et posez-les sur le socle, le tronc et les branches. Continuez jusqu'à ce que l'armature de base soit entièrement recouverte. Laissez sécher.

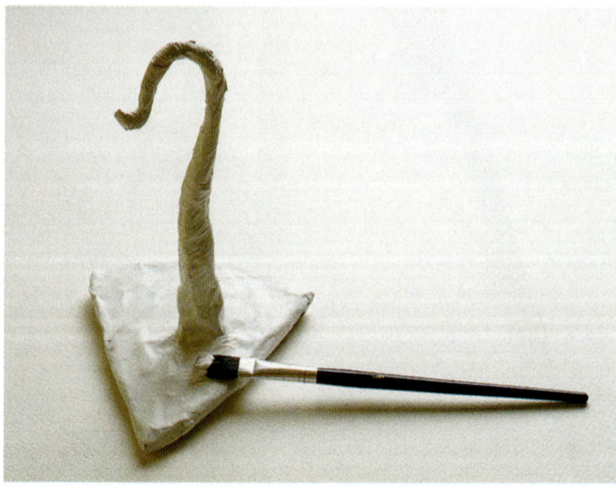

3 Appliquez une couche de peinture blanche sur toute la surface de l'arbre et de la branche.

4 Patinez l'arbre. Appliquez une couche de peinture brun foncé sur toute la surface. Lorsqu'elle commence à sécher, appliquez la patine or. Laissez sécher. Posez les pièces sur la feuille de Nylon pour protéger le plan de travail et, avec le pinceau et la brosse, appliquez la patine oxydante de manière très irrégulière. Pour terminer, placez les branches sur le crochet central et fixez-les avec une goutte de colle universelle.

Collier en torsades de papier

Malgré son apparente fragilité, ce collier en papier ornera vos tenues estivales aussi joliment qu'un bijou traditionnel. Il suffit de suivre scrupuleusement les instructions pour réaliser un modèle très résistant. Ici, on a décliné les tons de mauve, mais le choix de la palette de couleurs est affaire de goût.

Matériel
• 1/2 feuille de papier crépon dans trois nuances : violet, lilas et blanc, par exemple
• 2 récipients • Colle blanche • Ciseaux • Fil de fer fin • Colle universelle
• Vernis à l'eau transparent satiné • Fil (pour suspendre les bandes de papier) et pinces à linge

1 Étalez le papier crépon sur le plan de travail. Découpez vingt bandes de 2,5 cm dans le sens du fil du papier.

2 Torsadez chaque bande sur elle-même et immergez-la dans un récipient contenant deux volumes d'eau et un volume de colle blanche. Faites sécher les bandes en les suspendant au fil avec une pince à linge. Retournez-les au bout de 15 minutes. Trempez chaque bande torsadée une seconde fois dans la colle diluée. Laissez sécher pendant 24 heures. Enfin, immergez les bandes torsadées, une par une, dans un récipient contenant du vernis transparent satiné. Laissez sécher.

3 Mettez de côté deux torsades de papier. Réunissez l'extrémité des dix-huit autres avec un morceau de fil de fer, que vous enroulerez tout autour. Recouvrez le fil de fer avec l'une des torsades réservées, en formant une boucle. Fixez avec de la colle universelle.

4 Répétez l'opération pour les autres extrémités, en recouvrant le fil de fer avec la seconde torsade réservée. Pour réaliser le fermoir, imbibez du papier crépon de colle blanche, et façonnez une boule autour de l'une des boucles.
Vous pouvez aussi ajouter une bande de papier crépon torsadée et un fil de perles au centre du collier, pour créer un beau contraste entre l'éclat des perles et la surface mate du papier. N'hésitez pas non plus à opter pour d'autres camaïeux de couleurs, en harmonisant les nuances à vos tenues.

Graines des tropiques

Vous trouverez sur les marchés et dans les boutiques exotiques toutes sortes de matériaux pour réaliser des bijoux originaux qui évoqueront les horizons lointains. Ces créations privilégient l'authenticité, les couleurs et les formes naturelles. Ici, nous nous sommes inspirés de la forme d'un gros haricot mexicain et de graines de la forêt amazonienne pour imaginer un collier simple, mais spectaculaire.

Matériel

Pour le collier aux haricots

- Petites graines de différentes couleurs
- Haricot mexicain assez gros
- 125 cm de fil de Nylon noir
- Fil galvanisé anallergique
- Aiguille à laine
- Cisailles
- Stylo-feutre noir
- Pince ronde
- Perceuse et mèche ultrafine
- Colle universelle

1 Au stylo-feutre, marquez deux points, espacés de 2 cm environ, au sommet du haricot. Percez deux trous assez fins, en faisant traverser la mèche de part en part.

2 Avec les cisailles, coupez deux fois 4 cm de fil galvanisé. Glissez chaque morceau dans un trou, et formez les deux boucles en vous aidant de la pince.

3 Avec l'aiguille à laine, enfilez les petites graines sur le fil de Nylon, en alternant les formes et les couleurs à votre guise. Faites passer l'aiguille dans les boucles de fil galvanisé du haricot. Collez les extrémités avec de la colle universelle, pour fermer le collier.

Poisson en carton ondulé

Le thème marin a inspiré ce collier désarticulé. Composé de pièces de carton ondulé, il est si facile à réaliser que vous n'aurez aucune peine à l'accompagner d'autres poissons et animaux marins, en jouant avec les formes et les couleurs à votre gré. Pour l'hippocampe, ajoutez une boule de papier mâché, afin de lui donner un volume plus réaliste.

Matériel
- Carton d'emballage ondulé
- Crayon
- Colle blanche
- Récipient
- Papier journal
- Pinceau plat
- Peinture acrylique en 3 coloris : blanc, bleu ciel et or
- Petite éponge
- Perles tubulaires en verre blanc nacré
- Aiguille et fil de soie blanc
- Ciseaux
- Vernis transparent à l'eau satiné
- 50 cm de cordonnet blanc
- Riveteuse (facultatif)

1 Avec le crayon, tracez la forme du poisson, de manière que les ondulations du carton restent perpendiculaires à l'horizontale du gabarit. Divisez le dessin en six segments, en traçant des droites perpendiculaires aux ondulations du carton. Coupez les six segments aux ciseaux.

2 Déchirez de petits carrés de papier journal. Dans le récipient, diluez un volume de colle blanche dans deux volumes d'eau. Avec le pinceau, imbibez les carrés de papier journal de ce mélange, et recouvrez-en les segments en carton. À la différence de la plupart des créations en papier mâché, vous n'appliquerez que deux couches de papier journal, afin de ne pas masquer les ondulations caractéristiques du matériau. Laissez sécher.

3 Au pinceau, appliquez deux couches de peinture blanche diluée avec un peu d'eau.

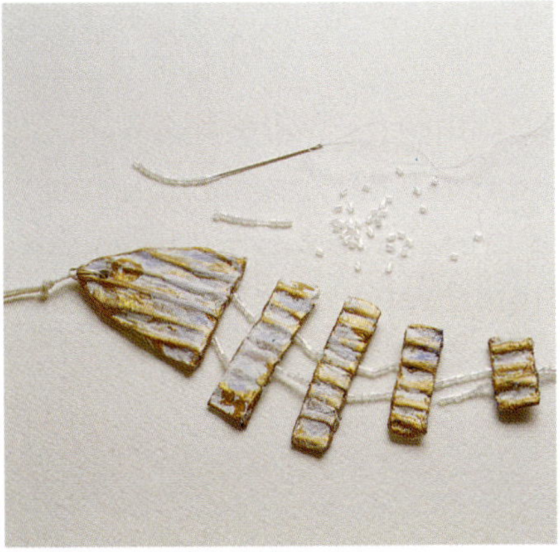

4 Diluez de la peinture bleu ciel avec un peu d'eau et, au pinceau, appliquez quelques touches éparses sur le fond blanc. Avec l'éponge, posez des touches de peinture or, et étirez la couleur en frottant de manière qu'elle accroche sur les reliefs, pour les mettre en valeur. Protégez les pièces avec une couche de vernis transparent satiné. Laissez sécher.

Pour confectionner le pendentif, enfilez les pièces en carton ondulé sur une aiguillée de fil de soie, en alternant avec des perles tubulaires nacrées et en passant l'aiguille dans les trous des ondulations. Avec la pointe du crayon, percez un trou dans la pièce représentant la tête du poisson, pour marquer l'œil. Glissez le cordonnet dans ce trou. Pour une finition plus nette, vous pouvez utiliser la riveteuse pour poser un œillet dans le trou de l'œil.

Spirales antiques

La patine de finition se prête à une infinité d'applications. Ici, nous l'avons utilisée sur des bracelets, mais elle convient aussi pour les bagues, boucles de ceinture, pendentifs et boucles d'oreilles. Cette jolie création en spirale évoque les fastes de la Rome impériale, mais on pourrait l'interpréter dans des styles et des époques très divers.

Matériel

- Bande de grillage métallique à mailles hexagonales de 48 x 6 cm
- Petites pinces plates
- Cisailles
- Ruban de masquage
- 3 feuilles de papier journal
- Colle blanche
- Récipient
- Peinture acrylique blanche
- Peinture émail à l'eau brun foncé
- Patine or
- Patine oxydante verte
- 2 pinceaux plats et souples

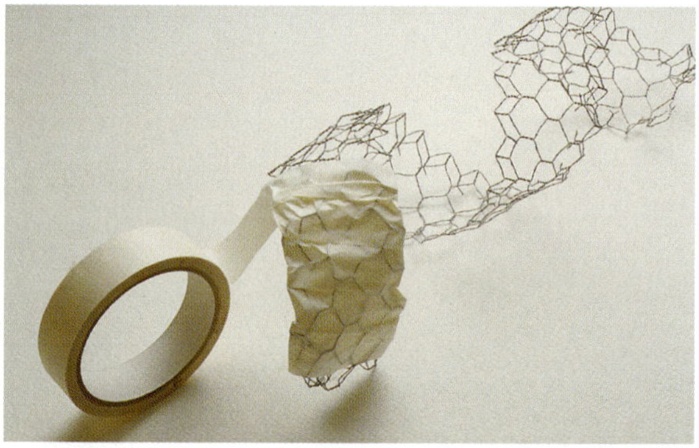

1 Avec la pince, rabattez les extrémités pointues des mailles de grillage. Enroulez le grillage, pour former une spirale régulière. Recouvrez entièrement la spirale de ruban de masquage.

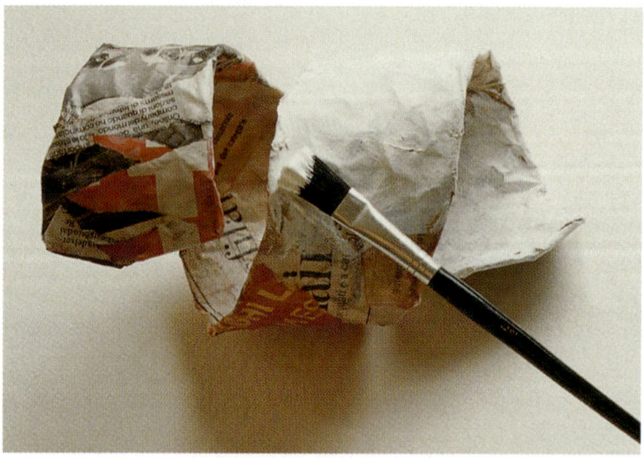

2 Dans le récipient, diluez un volume de colle blanche dans deux volumes d'eau. Déchirez de petits morceaux de papier journal, que vous imbiberez de colle pour recouvrir toute l'armature en grillage. Pour plus de facilité, travaillez avec un pinceau plat. Laissez sécher. Appliquez deux couches de peinture blanche, en laissant bien sécher chaque couche avant d'appliquer la suivante.

3 Appliquez la peinture brun foncé et, sans laisser sécher, une couche de patine or. Laissez sécher. Avec le pinceau souple, appliquez la patine oxydante verte uniquement sur les plis et les reliefs. Laissez sécher.

... AVEC DU CUIR ET DE LA PEAU

En matière de mode aujourd'hui, c'est l'explosion des accessoires de styles et de matériaux divers, parfois surprenants, avec une « nouveauté » dont le succès va croissant : les modèles en fourrure synthétique. Nous ne pouvions donc manquer de vous proposer un projet qui exploite ce matériau désormais disponible dans un large éventail de couleurs et de finitions. Habillés de perles de verre, les accessoires en fourrure affichent un luxe et une élégance incomparables. Plus traditionnels, le cuir et la peau entrent depuis longtemps dans la confection de parures, que ce soit sous forme de lanières et de cordons ou d'applications décoratives. Pour l'été, nous vous proposons trois variantes de nu-pieds qui mettent en valeur le bronzage avec autant d'éclat qu'un bracelet ou une bague. Et pour rester dans le domaine des accessoires, vous trouverez également un modèle de petite bourse à réaliser rapidement avec de la peau et une profusion de minuscules perles.

Médaillon en fourrure

Pour réchauffer les soirées un peu fraîches, voici un médaillon de fourrure enrichi d'une broche de cristaux et de rocailles, à coordonner avec un col et un bracelet. Vous pouvez d'ailleurs reprendre le décor sur n'importe quel modèle de fourrure synthétique, en jouant sur les textures et sur les couleurs. Pour la fermeture, cousez sur l'envers deux languettes de ruban auto-agrippant type Velcro®.

Matériel
- Fourrure synthétique dans des nuances de brun chaud
- Disque de carton fort de 7,5 cm de diamètre
- Disque de cuir brun de 7,5 cm de diamètre
- Stylo-feutre noir
- Ciseaux
- 2 longueurs de 1 m de ruban « queue de rat »
- Perles à trou large dans les tons d'ambre et de brun : 3 ou 4 ovales et 3 tubulaires
- Aiguille et fil à coudre marron
- Décor monté sur une platine pour bagues (voir page 32) en perles de rocaille dans des nuances brun et or et perles à facettes ambre • Colle universelle

1 Posez le disque de carton sur l'envers de la fourrure synthétique. Reportez la circonférence au stylo-feutre. Découpez le disque dans la fourrure.

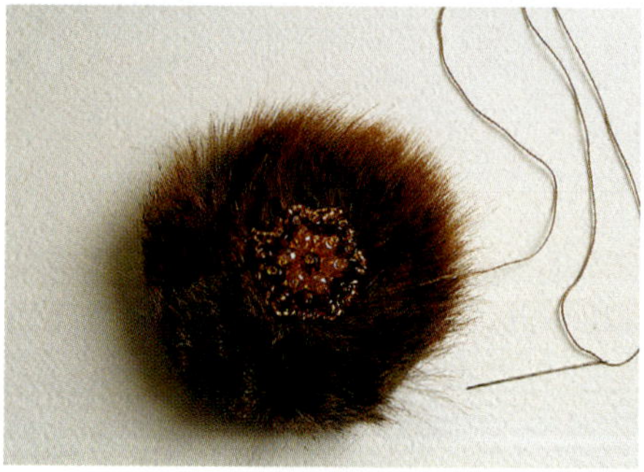

2 Posez le décor en perles au centre du disque de fourrure, sur l'endroit. Assemblez à petits points de surjet. Nouez le fil sur l'envers.

3 Disposez les accessoires du collier. Nouez les perles aux quatre extrémités des rubans.

4 Glissez une perle tubulaire dans chaque paire de rubans, et bloquez-les avec des nœuds. Collez le ruban sur l'envers du médaillon de fourrure avec quelques gouttes de colle universelle. Pour terminer, masquez le montage avec le disque de cuir, en le collant sur l'envers de la fourrure avec de la colle universelle.

SANDALES-BIJOUX

Une rose en peau, du strass, des coquillages et des cristaux, des fleurs et des microperles... Il existe de nombreuses manières de mettre en valeur une petite paire de nu-pieds toute simple. Pour ces modèles, que vous réaliserez d'un bout à l'autre, il suffit d'un peu de précision et votre imagination fera le reste.

Matériel

Pour chaque paire de nu-pieds

- Feuille de caoutchouc noir pour deux semelles
- Cuir naturel pour deux semelles
- 2 disques de cuir naturel percé au centre pour les modèles type tongs • Gabarit en papier cartonné de la semelle • Stylo-feutre noir • Crayon blanc
- Cutter • Colle pour cuir et peau • Petites pinces
- Poinçon • Presse (facultatif)

Pour les nu-pieds aux coquillages

- 230 cm de lanière de cuir naturel coupée comme suit : quatre fois 20 cm pour le cou-de-pied, six fois 15 cm pour séparer les doigts, et deux fois 30 cm pour le décor de coquillages • 40 coquillages de dimensions diverses • Fil métallique souple
- 24 perles en verre, opaques et transparentes, bleu ciel et vertes • Ciseaux • Perceuse à main à mèche ultrafine • Colle universelle

Pour les nu-pieds à rose rouge

- Sachet de strass de couleur • Pinces brucelles
- 210 cm de cordonnet de cuir rouge coupé comme suit : six fois 20 cm pour le cou-de-pied, et six fois 15 cm pour séparer les doigts
- 40 x 40 cm de peau de chamois rouge
- Ciseaux • Colle universelle

Pour les nu-pieds à semelles fleuries

- Papier adhésif à motif floral
- Papier adhésif transparent double face (pour coller les microperles)
- 2 sachets de microperles transparentes
- Peinture acrylique blanche pour le fond
- Pinceau plat
- Ciseaux
- 200 cm de lanière de peau de chamois beige pour chaque chaussure

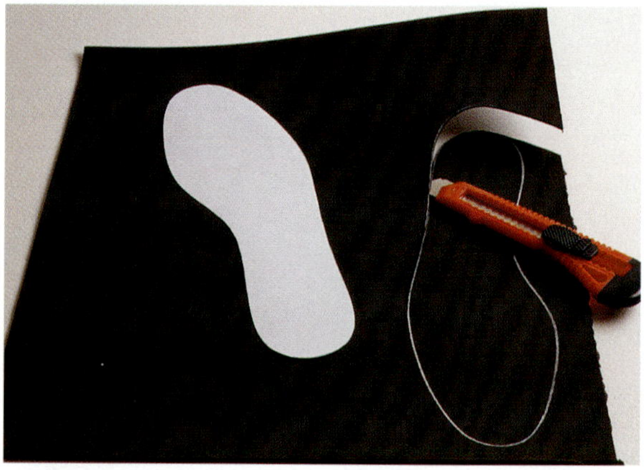

Étapes communes aux trois modèles de nu-pieds

1 Avec le crayon blanc, reportez les contours du gabarit en carton sur la feuille de caoutchouc noir. Découpez les semelles dans le caoutchouc, au cutter.

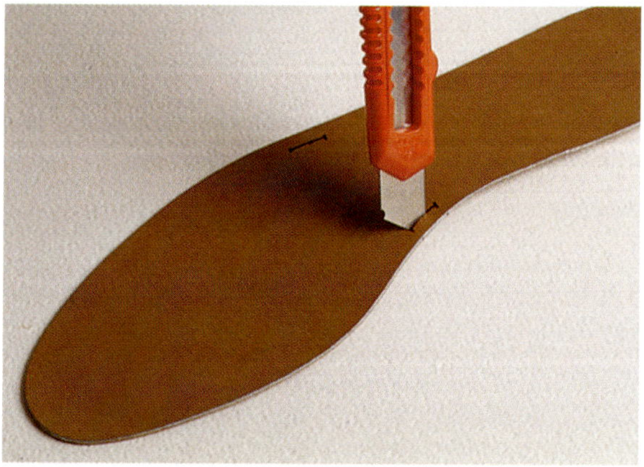

2 Avec le stylo-feutre, reportez les contours des semelles de caoutchouc sur le cuir. Découpez les semelles de cuir. Marquez les points et les fentes dans lesquelles vous ferez passer les lanières. Incisez les marques avec le cutter et le poinçon, en prenant toutes les précautions voulues.

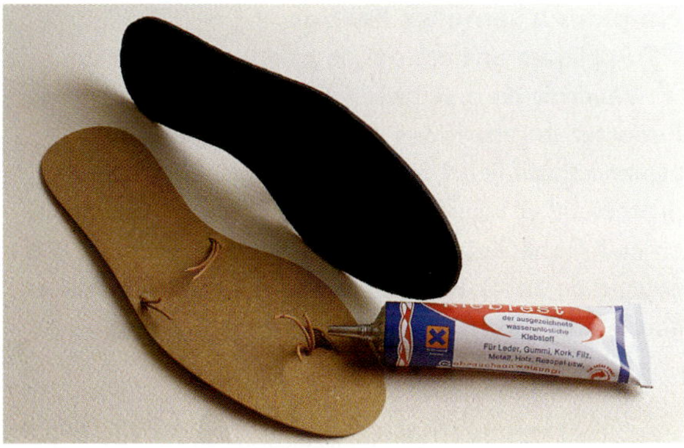

3 Enfilez les lanières de cuir ou de peau dans les entailles, en adaptant leur nombre et leur couleur au modèle. Collez-les sur l'envers de la semelle en cuir avec de la colle universelle. Envers contre envers et bord à bord, collez chaque semelle de cuir à une semelle de caoutchouc. Laissez sécher sous presse pendant 12 heures (si vous ne disposez pas d'une presse, vous devrez faire appel à votre cordonnier).

Nu-pieds aux coquillages

4 Faites sortir, sur l'endroit de la semelle, deux lanières de 20 cm pour le cou-de-pied et trois lanières de 15 cm entre les doigts. Enfilez ces dernières dans le trou du disque de cuir naturel et faites un nœud. Le disque de cuir servira de support au décor en coquillages.

5 Percez tous les coquillages avec une mèche ultrafine. Fixez-les sur le cordonnet de cuir de 30 cm, en les bloquant tous les 2 cm avec des anneaux maintenus par du fil métallique. Ramenez la lanière sur elle-même pour former un bouquet de boucles que vous bloquerez, au centre, avec le fil métallique. Préparez douze morceaux de fil métallique de 10 cm de longueur. Glissez une perle opaque et une perle transparente sur chaque morceau. Réunissez les fils à la base et enroulez-les autour du faisceau de lanières, en serrant bien. Fixez le décor sur le disque de cuir avec quelques gouttes de colle.

Nu-pieds à rose rouge

6 Collez les strass, un par un, sur le bord de chaque semelle en cuir, en vous aidant des brucelles. Pour le cou-de-pied, faites sortir trois lanières rouges que vous collerez entre le cuir et le caoutchouc. Placez les trois lanières pour séparer les doigts en procédant comme pour les nu-pieds aux coquillages, et en enfilant les lanières dans le trou central du disque de cuir naturel. Découpez des pétales dans le morceau de peau de chamois rouge. Collez-les en les disposant en cercle autour d'un premier pétale roulé plus serré. Élargissez légèrement le centre de la fleur et glissez le nœud qui se trouve sur le disque de cuir entre les doigts, en fixant le tout avec quelques points de colle.

Nu-pieds à semelles fleuries

7 Appliquez une couche de peinture blanche sur l'endroit de la semelle en cuir. Laissez sécher. Reportez le gabarit des semelles sur la feuille de papier adhésif fleuri, et découpez. Retirez le papier protecteur, et appliquez le papier fleuri sur la semelle en cuir (si nécessaire, renforcez l'assemblage avec une couche de colle). Rectifiez les contours de la semelle fleurie aux dimensions de la semelle en cuir.

8 Reportez le gabarit des semelles sur la feuille de papier adhésif transparent double face, et découpez. Retirez la première pellicule protectrice et collez la feuille transparente sur la semelle fleurie. Retirez la seconde feuille protectrice (en rose sur la photographie ci-contre).

9 Répartissez les microperles sur la face adhésive de manière uniforme : elles doivent offrir une surface parfaitement plane et régulière, pour ne pas risquer d'irriter la plante des pieds.

10 Pour terminer, confectionnez les nu-pieds en ajoutant quatre lanières de peau de chamois et en collant la semelle de caoutchouc, envers contre envers, à la semelle de cuir.

Sautoir en cuir

Deux longs cordonnets de cuir suffisent pour mettre en valeur le style simplissime de ce pendentif en cuir ouvragé. À l'instar du collier obtenu par un savant jeu de tressage entre lanières et anneaux, ce bijou n'est qu'un des nombreux modèles que l'on peut créer avec du cuir. Pour fermer le collier, formez une boucle de fil de cuivre à une extrémité et un crochet à l'autre, en enroulant le fil de cuivre autour du lacet de cuir afin de le fixer.

Matériel

Pour le collier à pendentif

- Pâte à modeler à froid
- Rouleau à pâtisserie
- Bouchon de stylo-feutre
- Paille en plastique
- Dentelle à mailles larges
- Peinture acrylique noire
- Pinceau • 3 tapis encreurs de couleurs métallisées : cuivre, bleu ciel et doré
- 3 lanières de cuir noir à section carrée de 115 cm de longueur • Aiguille à laine
- Chutes de feuilles de cuivre à repousser • Fil de cuivre • Ciseaux • Pince de bijoutier • Pince coupante
- Vernis à l'eau satiné

1 Avec la pâte à modeler, façonnez le pendentif en forme de demi-lune. Posez-le sur le morceau de dentelle, et appuyez avec le rouleau, afin d'imprimer les mailles sur la pâte. Avec la paille, percez six trous sur le bord arrondi du pendentif. Avec le bouchon de stylo-feutre, percez un trou à chaque extrémité du bord droit. Laissez sécher pendant 24 heures au moins. Appliquez une couche de peinture noire sur les deux faces du pendentif. Laissez sécher. Encrez la surface avec les couleurs métallisées, en travaillant de manière irrégulière et en privilégiant la teinte cuivre. Laissez sécher. Appliquez une couche de vernis satiné pour protéger le décor.

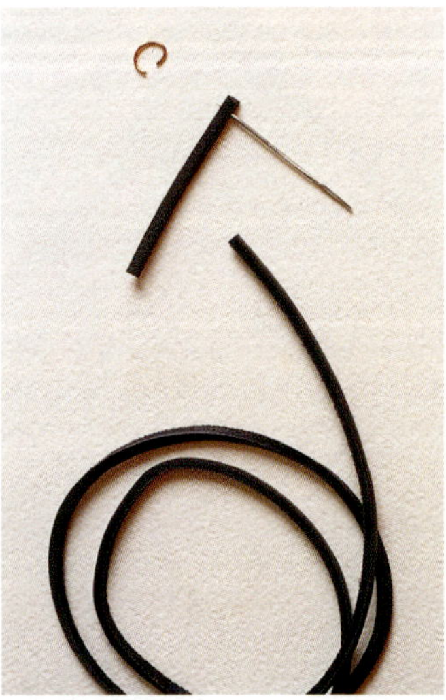

2 Dans une lanière de cuir, découpez sept morceaux de plus en plus courts, en partant de 7,5 cm pour le plus long, pour arriver à 5 cm pour le plus court. Percez une extrémité de chaque morceau de cuir avec l'aiguille à laine. Avec le fil de cuivre, façonnez deux petits anneaux, pour accrocher chaque morceau de cuir au pendentif. Pour chaque anneau, comptez 2 cm de fil de cuivre.

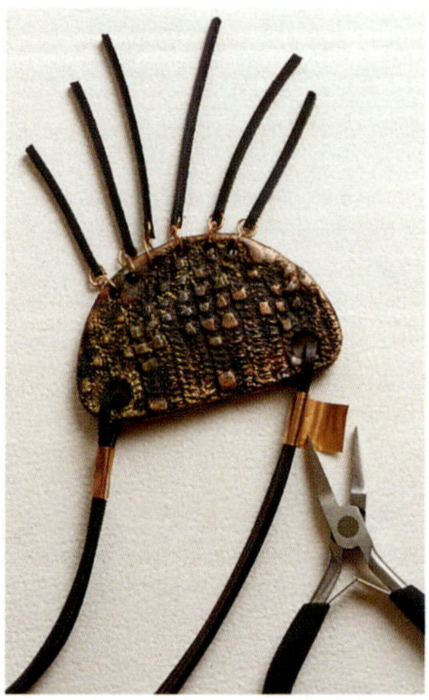

3 Dans les plus gros trous du pendentif, glissez les deux autres lanières de cuir, en les doublant et en les fixant deux par deux avec des bandelettes de cuivre à repousser de 3 x 1,5 cm.

Peau et microperles

Confectionné dans une peau synthétique souple, ce petit modèle de sac est orné d'une belle broderie de perles minuscules, qui font écho aux poignées en perles blanches. N'hésitez pas à vous en inspirer pour l'adapter à vos goûts, en optant, par exemple, pour un cuir de couleur vive et des perles en verre multicolores pour les anses. Et pourquoi ne pas en confectionner toute une collection, pour assortir chaque modèle à vos tenues favorites ?

Matériel
• 1 rectangle de peau souple synthétique de 50 x 36 cm • Machine à coudre et fil à coudre marron • Peinture acrylique blanche • Pinceau fin • Motif à reporter ou pochoir découpé • 2 tubes en plastique transparent de 56 cm de longueur pour les anses • 2 aiguillées de perles de la même longueur que les anses (les perles doivent pouvoir entrer dans les tubes) • Feuille adhésive double face • Microperles transparentes

1 Sur l'envers de la peau, rabattez 4 cm sur le bord des grands côtés, pour former les ourlets du bord supérieur du sac. Piquez-les à la machine. Sur l'endroit, reportez le motif à 15 cm du bord. Peignez le motif en blanc (utilisez une peinture de bonne qualité, qui laissera la peau souple). Laissez sécher pendant plusieurs heures. Pendant ce temps, reportez le motif sur la feuille adhésive double face. Découpez les pièces. Retirez la première pellicule protectrice et appliquez les pièces sur la peau. Retirez l'autre pellicule protectrice et répartissez les microperles transparentes de manière uniforme sur toute la surface du motif.

2 Retournez le sac sur l'envers. Alignez les côtés bord à bord et assemblez-les en exécutant une piqûre à la machine, en arrêtant la couture à 5 cm des bords supérieurs (bas des ourlets).

3 Retournez le sac sur l'endroit et préparez les anses. Glissez les aiguillées de perles dans les tubes transparents. Faites passer la première anse dans l'ourlet du bord supérieur. Froncez la peau pour régler l'arrondi de l'anse, et fermez celle-ci en emboîtant les extrémités (si nécessaire, appliquez un point de colle). Répétez l'opération pour la seconde anse.

... AVEC DE LA LAINE FEUTRÉE

Vous trouverez dans les pages suivantes des bijoux et des accessoires confectionnés avec un matériau original, encore trop mal connu. La laine feutrée, que nous vous proposons de traiter vous-même, entre dans le processus de fabrication du feutre et de la feutrine. Vous pouvez vous procurer dans les boutiques de loisirs créatifs des feutrines plus ou moins épaisses et de coloris très divers, mais il est beaucoup plus amusant de fabriquer soi-même ses accessoires et ses bijoux. Pour ce faire, on fait tremper la laine dans de l'eau assez chaude (environ 50 °C) et enrichie de savon, de préférence à l'huile de pin, afin d'obtenir un taux d'alcalinité propre à faciliter l'entrelacement des fibres. Afin de donner ensuite les dimensions et l'épaisseur voulues au bloc de laine feutrée, on procède au « foulage », opération qui consiste à appliquer sur la laine une certaine pression avec un rouleau. Le feutrage, le foulage et le rinçage ultime réduisent les dimensions de 20 à 30 % : il faut en tenir compte et calculer les dimensions initiales en fonction de la taille finale de l'accessoire.

PIQUES À CHEVEUX ET BARRETTES COLORÉES

Les barrettes proposées ici ont été réalisées avec des matériaux simples, mais leurs couleurs et leurs formes témoignent d'une réelle inspiration créatrice. Laissez libre cours à votre fantaisie et à vos goûts pour créer des accessoires originaux.

Matériel
• Laine à feutrer en différents coloris : bleu, rouge, jaune, orange et fuchsia • Savon liquide à l'huile de pin • Carafe d'eau à 50 °C • Cuvette • Grande feuille de Nylon

Pour le foulage
• Grande feuille de non-tissé absorbant • Torchon en coton ou en lin épais • Rouleau à pâtisserie • Film alimentaire • Bandes élastiques (pour maintenir le rouleau) • Aiguille à laine à gros chas

Pour les barrettes
• 3 petits pinceaux (usagés ou neufs) • 1 m de ruban de velours fin (coloris au choix) • Fils de couleurs au choix • Papier de verre à grain fin • Peinture pour bois couleur noyer • Vernis protecteur • Pinceau • Colle universelle

1 Disposez de fines couches de laine, les unes sur les autres, en alternant le sens des fibres, de manière à consolider l'entrelacement. Terminez par des couleurs qui composeront un motif harmonieux.

2 Pour le feutrage : protégez le plan de travail avec la feuille de Nylon. Disposez le bloc de laine dessus. Arrosez-le d'eau chaude, en appuyant bien au fur et à mesure, pour éliminer les bulles d'air. Ajoutez un peu de savon liquide, et massez la laine en exécutant de délicats mouvements circulaires, comme pour faire pénétrer les fibres à l'intérieur du bloc. Rincez et essorez le pavé de laine, sans le déformer. Retournez-le et répétez l'opération d'imprégnation de l'autre côté. Rincez et essorez à nouveau.

3 Si, au terme du feutrage, la forme du pavé de laine ne vous convient pas, vous pouvez la modifier en ayant recours au foulage. Sur le plan de travail recouvert de la feuille de Nylon, étalez le tissu absorbant, puis le torchon préalablement humidifié. Posez le pavé de laine feutrée dessus et protégez-le avec du film alimentaire. Enroulez le torchon autour du rouleau, en serrant bien et en prenant le pavé de laine en même temps. Bloquez le torchon sur le rouleau avec les bandes élastiques, et roulez le tout plusieurs fois, en appuyant fermement. Attention : le rétrécissement va se faire dans le sens du mouvement du rouleau : il est essentiel d'en tenir compte au moment où vous placerez le pavé de laine feutrée sur le torchon.
Percez un trou à chaque extrémité du pavé de laine feutrée, avec le chas de l'aiguille à laine. Laissez sécher.

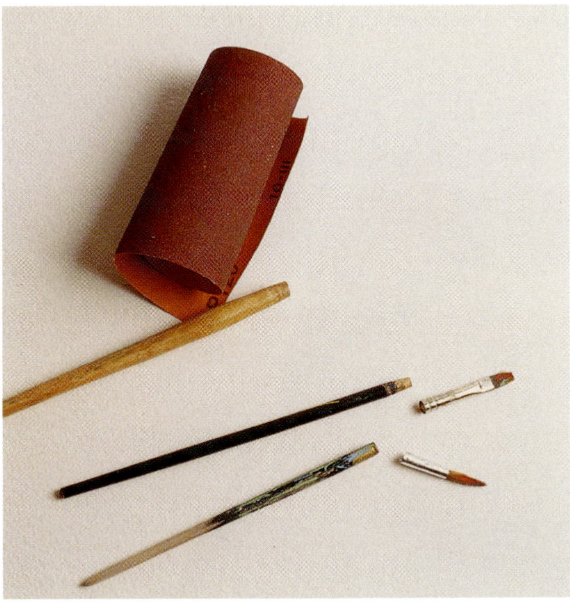

4 Préparez les barrettes. Retirez la virole et les soies des pinceaux. Poncez les manches avec du papier de verre à grain fin, de manière à faire apparaître le bois.

5 Pour terminer, peignez les manches ou, comme ici, teintez-les avec du colorant pour bois. Appliquez une couche de vernis. Si vous préférez les tonalités du bois brut, appliquez une couche de vernis transparent directement sur le bois.

Réalisation des trois modèles d'attache

6 **A.** Enroulez un fil de laine autour du manche d'un pinceau. Feutrez avec de l'eau chaude et du savon liquide. Après séchage, fixez avec un point de colle.

B. Feutrez une grande longueur de laine composée de brins de différents coloris. Laissez sécher. Enroulez le fil de laine feutrée pour former une boule au sommet du manche d'un autre pinceau. Fixez avec un point de colle.

C. Façonnez un capuchon de laine autour du manche, et feutrez en donnant à la laine la forme d'une virgule. Après séchage, fixez avec un point de colle.

7 Pour la barrette à tresse : confectionnez une pièce de laine feutrée en forme de triangle. Percez les trous pour l'attache, de chaque côté, avec le chas de l'aiguille à laine. Avec le fil de votre choix, cousez une pièce de couleur vive sur le dessus. Brodez le tour de la pièce au point de surjet, avec le ruban de velours fin.

8 Avec un fil de laine feutrée utilisé en double, confectionnez une tresse. Fixez-la sur le haut et le bas de la pièce de laine avec quelques points de couture invisibles.

lonial Clock Co.
estb.
1870

Ceinture mexicaine

Cette ceinture, qui épouse souplement la taille, puise son inspiration dans les couleurs et les motifs mexicains. Ici, on a recouvert la tête de l'attache en bois par quelques tours de ficelle naturelle, mais vous pouvez aussi l'orner d'un fil de perles de rocaille aux divers coloris.

Matériel
• Laine à feutrer rouge et bleue, avec quelques brins de jaune, d'orange et de fuchsia • Carafe d'eau à 50 °C • Savon liquide à l'huile de pin • Cuvette • Éponge • Grande feuille de Nylon • Grande feuille de non-tissé absorbant • Torchon en coton ou en lin épais • Rouleau à pâtisserie • Film alimentaire • Bandes élastiques • Petit pinceau (usagé ou neuf) • Papier de verre à grain fin • Ficelle naturelle • Colle universelle

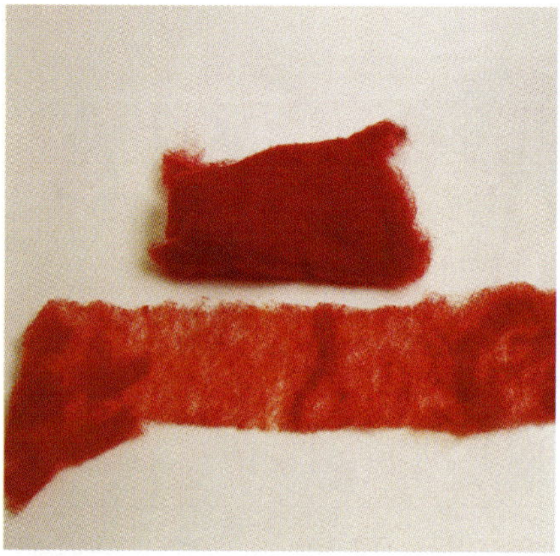

1 Protégez le plan de travail avec la feuille de Nylon. Étalez dessus une couche fine de laine rouge, en lui donnant la forme de la ceinture finale et en prévoyant une marge de 25 % environ pour le retrait.

2 Ajoutez des couches de laine bleue, en croisant le sens des fibres. Terminez en disposant des touffes plus fines de couleurs, en jouant sur les harmonies et les contrastes, pour créer un motif original. Veillez à ce que les couches soient régulières et l'ensemble relativement fin.

3 Procédez au feutrage (voir page 138), puis au foulage. Sur le plan de travail recouvert de la feuille de Nylon, étalez le tissu absorbant, le torchon préalablement humidifié et la ceinture en laine feutrée. Recouvrez de film alimentaire et enroulez le tout autour du rouleau. Le foulage permet d'uniformiser l'épaisseur de la ceinture, mais aussi d'allonger celle-ci. Maintenez le torchon sur le rouleau avec les bandes élastiques et faites rouler le rouleau en appuyant fermement. Rincez et laissez sécher. Préparez l'attache. Retirez la virole du pinceau et poncez le bois (voir page 139). Enroulez la ficelle autour du sommet du manche, et fixez-la avec de la colle. Essayez la ceinture, pour déterminer à quel endroit poser l'attache, puis percez-la aux emplacements voulus, à l'aide de la pointe, de façon à traverser la couche de laine feutrée.

Perles et pochette en feutrine

Avec la laine feutrée, rien n'est plus facile à réaliser que des perles. Il suffit de modeler de petites boules, qui feront de sympathiques colliers ou orneront, comme ici, une petite pochette en feutrine.

Matériel
Pour la pochette
- 2 rectangles de 12 x 16 cm de laine feutrée bleu pétrole
- Laine à feutrer de couleurs vives pour les perles
- Carafe d'eau à 50 °C
- Savon liquide à l'huile de pin
- Cuvette
- 2 m de ruban « queue de rat » de couleurs assorties
- Aiguille à laine

1 Versez l'eau chaude dans la cuvette et ajoutez deux cuillerées à soupe de savon liquide. Avec la laine à feutrer, formez une boulette. Comprimez-la dans la paume de la main et plongez la main, sans trop la desserrer, plusieurs fois dans l'eau savonneuse. Essorez et rincez. Massez la boulette, d'abord délicatement, puis de plus en plus fermement à mesure que la laine feutre. Si la boule paraît trop petite, vous pouvez, à ce stade, ajouter d'autres brins de laine. Rincez à l'eau froide et à l'eau chaude. Laissez sécher. De la même manière, confectionnez une autre boulette, plus petite.

2 Avec le ruban « queue de rat », que vous ne couperez pas, assemblez les deux rectangles de feutrine, bord à bord. Cousez ensemble les deux petits côtés et un grand côté en exécutant des points de croix en surjet sur l'endroit. Brodez les deux bords de l'ouverture de la même manière, en terminant la couture dans un coin, sans couper le ruban.

3 Enfilez les deux perles en laine feutrée sur le ruban. Bloquez-les par un nœud. Réalisez les anses avec le reste du ruban.

Pour les colliers, il suffit de confectionner plusieurs perles en laine feutrée. Prévoyez 1 m de ruban « queue de rat » pour chaque collier, et enfilez les perles une par une, à l'aide de l'aiguille à laine. Disposez les perles au centre du collier, en les séparant par des nœuds.

Pochette porte-miroir

Un superbe camaïeu de couleurs chaudes et une poignée d'accessoires scintillants suffisent à transformer un simple morceau de laine feutrée en un accessoire précieux qui protégera avec élégance un miroir de sac.

Matériel

- 1 rectangle de laine feutrée de 16 x 20 cm aux contours irréguliers, multicolore d'un côté et uni de l'autre
- Accessoires décoratifs percés (sequins, breloques, boutons, etc.)
- Aiguille et fil de coton
- Bobine de fil élastique noir
- Petites perles
- Miroir de 11 x 7 cm
- Colle universelle

1 En travaillant sur l'endroit (côté multicolore) de la laine feutrée, fixez les accessoires décoratifs par quelques points de couture invisibles, en les disposant uniquement sur le tiers du panneau.

2 Sur l'envers (face unie) de la laine feutrée, collez le miroir au centre du rectangle central. Vous pouvez aussi, à ce stade, garnir les bords du miroir d'un brin de laine feutrée, pour obtenir une meilleure finition.

3 Préparez la fermeture : sur le fil élastique noir, enfilez les petites perles, en alternant les séries à l'aide de nœuds. Si nécessaire, aidez-vous de l'aiguille. Retirez l'aiguille, et nouez l'élastique en formant un cercle. Pliez la pochette en trois, en plaçant le rabat décoré sur le dessus. Glissez l'élastique perlé autour de la pochette pour la maintenir fermée.

... AVEC DU MÉTAL

En feuilles, en rubans, en fils plus ou moins souples et plus ou moins gros, les métaux pour bijoux offrent un tel assortiment que vous n'aurez que l'embarras du choix. Pour les travailler, vous devrez vous équiper d'une petite enclume et d'un marteau de bijoutier.

Le cuivre est un matériau particulièrement intéressant.

Il est malléable, facile à travailler, et se pare, au fil du temps, d'une belle patine. Pour accentuer cet effet, vous pouvez aussi avoir recours au soufre liquide, que vous vous procurerez en pharmacie.

Le fil de cuivre, du plus fin (qui se plie aisément à la pince) au plus gros (dans ce cas, il suffit de le chauffer légèrement pour le modeler sans difficulté), se prête à toutes les réalisations. Vous l'utiliserez pour monter simplement des perles, mais aussi pour emprisonner des galets, comme pour certains modèles que nous vous proposons dans ce chapitre.

Pendentifs en cuivre

Ce modèle, très amusant à réaliser, repose sur la malléabilité du cuivre en feuilles. Lorsque vous maîtriserez parfaitement la technique, vous aurez certainement envie de confectionner toute une série de pendentifs pour les assortir à vos tenues ou pour les offrir. Ornés de perles ou de pierres semi-précieuses, ils vous permettront de laisser libre cours à votre créativité.

Matériel
Pour le collier orné d'une agate
• Feuille de cuivre • Stylo-feutre et règle • Ciseaux • Bobine de fil de cuivre • Perles de rocaille et perles tubulaires bleu-vert, opaques et translucides • Agate • Pince ronde • 90 cm de cordonnet de cuir naturel assez fin • Pince coupante

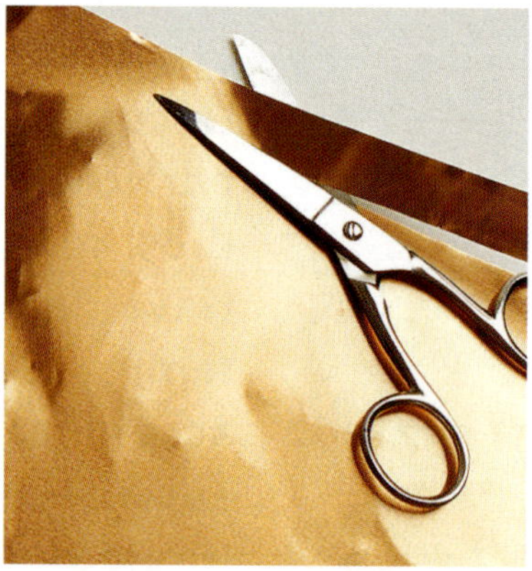

1 Sur la feuille de cuivre, au stylo-feutre, marquez une bande de 10 x 8,8 cm. Découpez-la avec la pince coupante.

2 En partant d'une extrémité, effectuez, à la pince ronde, une série de courbures régulières sur toute la longueur de la bande. Il s'agit de former une courbe sinusoïdale en exécutant une courbure sur deux sur l'endroit, et une sur deux sur l'envers. Au centre de la bande, ménagez un espace de la taille de l'agate.

3 Sans le détacher de la bobine, enroulez l'extrémité du fil de cuivre dans le premier pli de la bande, pour le fixer. Utilisez ensuite le fil pour maintenir les perles que vous enfilerez dessus dans chaque pli. Alternez les perles de rocaille et les perles tubulaires, en veillant à ce qu'elles soient bien disposées toutes du même côté (sur l'endroit du pendentif). De la même manière, fixez l'agate au centre.

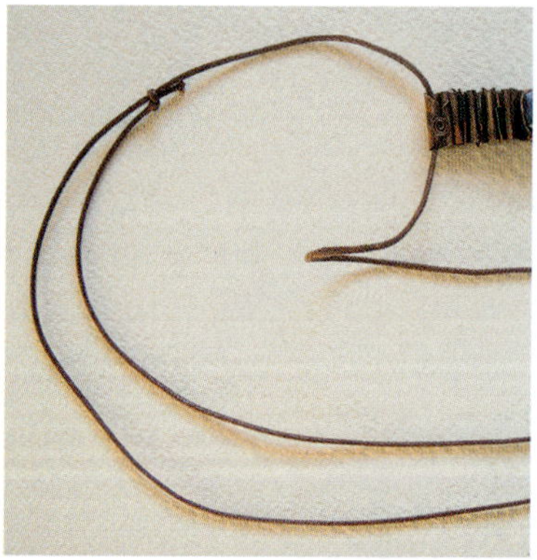

4 Une fois toutes les perles montées, bloquez l'ensemble en entortillant le fil de cuivre pour former une petite spirale décorative, juste à la sortie d'une perle tubulaire. Glissez le cordonnet de cuir dans le premier pli et fermez celui-ci en le serrant avec la pince ronde.

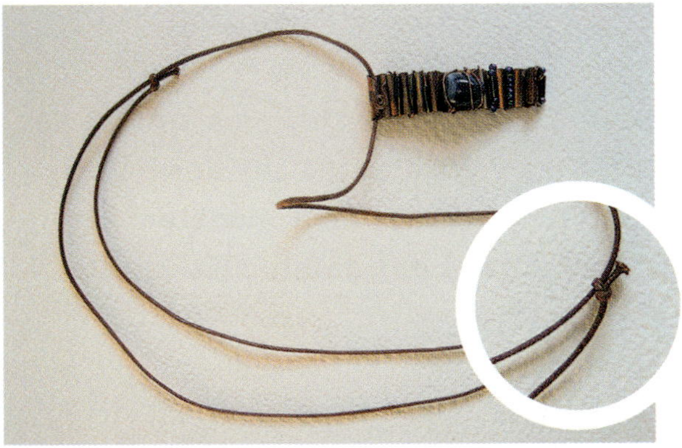

5 Fermez le cordonnet en exécutant un nœud glissant de manière à régler la longueur à votre guise selon les occasions et les tenues que vous porterez.

Galets en cage de cuivre

Quelques arabesques de fil de cuivre suffisent à transformer les plus simple des cailloux en bijou précieux. Un conseil : entraînez-vous d'abord sur des galets de petite taille avec du fil de cuivre très souple et plus facile à modeler. Par la suite, vous pourrez utiliser des calibres plus gros et des galets plus lourds.

Matériel
• Galets assez plats de couleur claire • Fil de cuivre de 2 mm de diamètre • Pince coupante
• Pince ronde • 90 cm de cordonnet de cuir

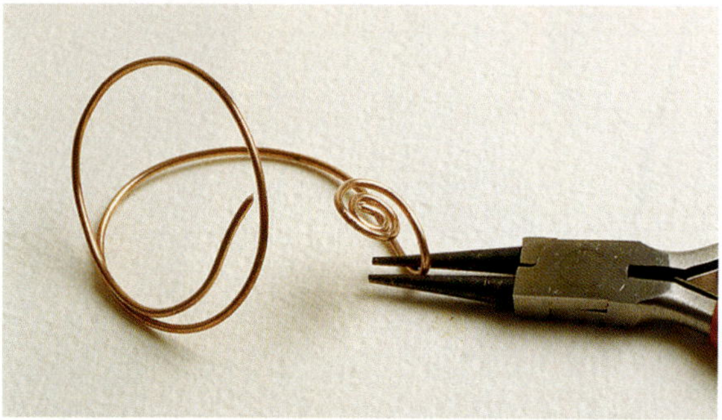

1 Coupez 20 cm de fil de cuivre et faites-le chauffer, pour qu'il soit plus malléable. Avec la pince ronde, formez un motif en cercles concentriques à une extrémité.

2 Faites à nouveau chauffer le fil de cuivre, puis formez une spirale de trois ou quatre tours. Glissez le galet dans la spirale, en tendant le fil de cuivre pour maintenir le galet. À l'autre extrémité du fil de cuivre, façonnez un petit motif de cercles concentriques.

3 Rabattez le second motif en cercles concentriques sur le galet, de manière à bien le bloquer. Glissez le cordonnet de cuir dans les spirales du sommet du pendentif. Exécutez un nœud glissant, de façon à régler la longueur du collier à votre guise.

MÉTAL MARTELÉ

Malgré les apparences, il n'est pas indispensable d'être un orfèvre pour accomplir, avec le cuivre, de petits miracles d'orfèvrerie ! Vous pouvez aussi réaliser ce superbe collier en cuivre martelé avec un tube creux de laiton. Inspirez-vous de ce modèle pour inventer d'autres motifs en laissant libre cours à votre imagination...

Matériel
- Feuille de papier à dessin
- Stylo-feutre
- Fil de cuivre de 3 mm de diamètre
- Pince ronde
- Pince plate
- Pince coupante
- Enclume
- Masse
- Réchaud

1 Dessinez toutes les pièces du collier, de manière à disposer d'un guide de référence général.

2 Faites chauffer une extrémité du fil de cuivre, et incurvez-le aussitôt avec la pince plate, en lui donnant la forme désirée. Si le résultat ne vous convient pas, il suffit de chauffer à nouveau le fil pour en rectifier ou en modifier complètement la forme. N'oubliez pas de façonner le crochet pour suspendre le pendentif.

3 Posez la partie façonnée sur l'enclume. Avec la masse, martelez le cuivre, pour l'aplatir. Coupez le motif à la pince seulement lorsque la forme vous convient. Ainsi, vous éviterez d'avoir à souder le métal, une opération qui complique le processus de fabrication.

4 Façonnez et martelez ainsi tous les pendentifs du collier. Pour le tour de cou, utilisez le même fil de cuivre, que vous arrondirez en formant un crochet à chaque extrémité. Suspendez les pendentifs en utilisant des anneaux confectionnés avec le fil de cuivre.

Cuivre et terre cuite

C'est sur la malléabilité du cuivre que repose la conception de ce magnifique pendentif. Le collier se compose de perles en terre cuite qui, par contraste, mettent en valeur le raffinement du cuivre repoussé. Elles s'inspirent des perles que les Africains cisèlent à l'ongle avant de faire sécher l'argile au soleil. Les boucles d'oreilles, en pâte à modeler, ont quant à elles été agrémentées d'une patine qui leur donne une finition métallique très réaliste.

Matériel

Dessin du motif du pendentif

• Crayon • Pâte à modeler à froid en deux coloris : neutre et terre cuite • Pigments acryliques en deux coloris : jaune et noir • Pique en bois • Feuille de cuivre • Boule à repousser • Apprêt • Patine cuivre • Patine oxydante bleue • Pinceau • Anneaux • Perles de serrage • Fermoir à mousqueton • Supports de boucles d'oreilles • Pince ronde • Fil de Nylon

Pour le pendentif

1 Reportez le motif : placez le dessin sur la feuille de cuivre et repassez le tracé au crayon, en appuyant, pour marquer le métal.
Découpez le rectangle de cuivre autour du motif, en ajoutant 2 cm sur le bord supérieur du pendentif et 0,5 cm sur les trois autres bords.
Rabattez 0,5 cm, sur l'endroit, sur les trois bords, pour former le « cadre ». Avec la boule à repousser, travaillez le cuivre pour faire ressortir le motif en bas-relief. Rabattez le bord supérieur sur l'endroit du motif, en formant un cylindre dans lequel vous glisserez le fil de Nylon.

2 Incorporez les pigments jaune et noir dans la pâte à modeler, et préparez de vingt à vingt-cinq perles de dimensions assorties et de nuances dégradées. Utilisez la pique en bois pour percer les perles et laissez sécher, jusqu'à ce que la pâte soit bien dure. Sans utiliser la pince, donnez au pendentif sa forme arrondie caractéristique, en l'incurvant, sur l'envers. Enfilez les perles jusqu'à la moitié du fil de Nylon. Glissez l'autre extrémité du fil dans le pendentif. Enfilez le reste des perles. Montez le fermoir avec des anneaux, des perles de serrage et le mousqueton.

Pour les boucles d'oreilles

3 Avec la pâte à modeler, façonnez deux bandes de 4 x 2 cm et de 0,3 mm d'épaisseur. Percez un trou pour les crochets et arrondissez les angles. Incurvez la bande de pâte, en vous aidant du manche d'un pinceau. Avec la pique en bois, dessinez les motifs décoratifs de votre choix. Laissez sécher. Appliquez l'apprêt de base. Laissez sécher pendant 2 heures. Appliquez la patine cuivre, puis, aussitôt, la patine oxydante. Laissez sécher. Montez les boucles en utilisant des anneaux pour relier les pendentifs aux supports.

MIROIR INSOLITE

Des perles, des cailloux de rivière, des accessoires glanés au hasard, des chutes de fil et de feuille de cuivre... Il suffit d'un peu d'imagination pour transformer de simples objets en véritables chefs-d'œuvre, ici un miroir.

Matériel
- Planche de contreplaqué de 30 x 25 cm
- Miroir de 20 x 15 cm
- Baguettes de bois de récupération de largeurs et d'épaisseurs différentes
- Pinceaux
- Colle blanche
- Colle universelle
- Peinture métallisée cuivre
- Crochet de suspension
- Pointes fines
- Pince ronde • Pince coupante

Pour le décor du cadre
- Fil de cuivre creux
- Fil de cuivre de diverses épaisseurs
- Bandes de ruban de cuivre de diverses longueurs et largeurs
- Perles de verre
- Pierres naturelles
- Perles en terre cuite
- Perles de rocaille
- Pâte à modeler à froid
- Pigments acryliques et pigments métalliques

1 Avec la colle universelle, collez le miroir au centre de la planche de contreplaqué. Montez le cadre : appliquez une couche de colle blanche et collez les baguettes en bois tout autour du miroir. Il s'agit de composer un ensemble harmonieux mais irrégulier, afin de créer une œuvre originale.

2 Appliquez une couche de peinture cuivre sur le cadre. Laissez sécher pendant 24 heures. Si nécessaire, appliquez une seconde couche et laissez encore sécher 24 heures. Vous obtiendrez ainsi un fond qui imitera mieux le cuivre des accessoires décoratifs.

3 Avec la pâte à modeler et les pigments acryliques et métalliques, fabriquez des perles ocre jaune, brunes, grises et terre cuite. Laissez sécher. Pendant ce temps, découpez des morceaux de cuivre (fil plein et fil creux, feuille), sans vous occuper particulièrement des dimensions. Avec la pince ronde, façonnez les morceaux de cuivre en leur donnant des formes arrondies, pliées ou plissées. Fixez les morceaux de cuivre avec des pointes et de la colle, en donnant libre cours à votre imagination. Pour terminer, montez le crochet au dos du miroir pour le suspendre au mur.

Adresses utiles

À PARIS

Matière Première
12, rue de Sévigné
75004 Paris
01 42 78 40 87

Tout à loisirs
50, rue des Archives
75003 Paris
01 48 04 07 26

Perles Box
1, rue Bernard-de-Clairvaux
75003 Paris
01 42 78 43 13

La Boîte à perles
194, rue Saint-Denis
75002 Paris
01 42 33 71 72

Créez et décorez
31, rue Victor-Duruy
75015 Paris
01 48 56 05 85

Graphigro
- 207, bd Voltaire
75011 Paris
01 43 48 23 57

- 120bis, rue Damrémont
75018 Paris
01 42 58 93 40

- 157, rue Lecourbe
75015 Paris
01 42 50 45 49

La Droguerie
9, rue du Jour
75001 Paris
01 45 08 93 27
Boutiques à Lyon, Bordeaux, Lille, Nantes, Montpellier, Nice et Toulouse

Loisirs et Création
- 99, rue de Rivoli
Galerie du Carrousel du Louvre
75001 Paris
01 58 62 53 95

- 53, rue de Passy
75016 Paris
01 42 15 13 43

Rougier et Plé
13, bd des Filles du Calvaire
75003 Paris
01 44 54 81 00

EN PROVINCE

Acces-Soir
7, rue Jean-Jacques Rousseau
38000 Grenoble
04 76 63 01 19

Graphigro
- à Lille :
71, rue de Paris
59800 Lille
03 20 74 44 99

- à Lyon :
23, rue de Childebert
69002 Lyon
04 78 37 02 51

- à Marseille :
3, place Félix-Baret
13006 Marseille
04 91 55 55 51

- à Strasbourg :
42, rue du 22 novembre
67000 Strasbourg
03 88 22 65 83

- à Toulouse :
11, rue de Metz
31000 Toulouse
05 34 45 41 30

Métissage Perles
6, quai Émile-Zola
35000 Rennes
02 99 79 23 95

Parenthèses
2, place Notre-Dame-du-Mont
13006 Marseille
04 91 48 78 90

Tosca
17, rue de Montigny
13100 Aix-en-Provence
06 08 80 87 37